真・無責任艦長タイラーReMix

獅子と鷲へのララバイ

吉岡 平

FB
Famitsu Bunko
ファミ通文庫

口絵・本文イラスト／吉崎観音

血潮よりも赤く

SHIN MUSEKININ KANCHO TYLOR ReMix

＊

その若い士官《しかん》が現れた瞬間に、ホールの空気が一変した。

思いおもいにジップ・カァーンをしていた者や、ラアルゴン式のダーツに興じていた連中も、一斉にその手を休め、新参者に注目する。

マントの上からさらに、凛冽《りんれつ》の気を纏《まと》っているかのような若者は、一挙手一投足《いっきょしゅいっとうそく》からして、彼女の目を魅了《みりょう》した。こと異性に関しては、点が辛《から》いことで定評のある彼女の審《しん》美眼《びがん》すら、一瞬にして『これは違うぞ』と思わせるだけのものを、彼は全身から放っていた。

ゆったりとしたマントの上からでも、その強靭《きょうじん》かつしなやかな筋肉の動きがわかる。カイバー産の草原豹《そうげんひょう》を彷彿《ほうふつ》とさせるバネを、その筋肉は秘めていた。

「あれがそうか？」

と、彼女は隣にいた守役《もりやく》の老兵に尋《たず》ねた。「あやつがそうなのか、ギトン」

「さようで、お嬢」

隻眼《せきがん》の守役ギトンは微《かす》かに頷《うなず》いた。「あれが、ドム家の嫡男《ちゃくなん》ル・バラバ・ドムです」

「エルドナ辺境伯の末裔《まつえい》……か」

燃えるような頰《ほお》をした烈女は、軽くその酸漿《ほおずき》色の唇《くちびる》を前歯で嚙《か》んだ。その瞳を、ドムから離すことができない。「なるほどなあ……」

「あの若さで、戦艦《せんかん》の艦長 職《かんちょうしょく》にあります。まあ、並みの力量でないことは確かで。そして、ほれ、気性のほうも……」

「ああ」

烈女は瞬《まばた》きもしない。その瞳を艦長ドムに注《そそ》いだままだ。ラアルゴン人の年齢計算は少々繁雑《はんざつ》であるが、敢《あ》えて地球式に数えれば、ル・バラバ・ドムはまだ、満十九歳と八ヵ月でしかない。しかし、そこいらの三十代でも持ち得ないだけの風格を、既《すで》にして漂《ただよ》わせていた。それを見る烈女もまた、彼と同年輩《どうねんぱい》でありながら、濃厚かつ妖艶《ようえん》な大人の色香を身に纏っている。深く切れ込んだ衣装の上から、短めのマントを羽織《はお》っているのだが、すらりとした脚線美が、まったく無頓着《むとんちゃく》に惜しげもなく、周囲の視線に晒《さら》されていた。それでいて、はにかんだり動じたり、臆《おく》するところはまったくない。

彼女もまた、ドムと同じく船乗りの端《はし》くれであった。

「お嬢……」

「せめてここでは、その呼び方はやめな」

烈女は、まるきりの男口調で遮《さえぎ》るように言った。「艦長と呼ぶんだよ」

「へい、艦長」

女艦長の忠実な右腕は畏《かしこ》まった。ターバンに似た布を巻き、口にはギョダン（ニコチンを含んだ藻類《そうるい》）のパイプをくわえる。軍人というよりは海賊に近い風貌《ふうぼう》。しかしながら部族社会のラアルゴンにあっては、船乗りは多かれ少なかれ海賊としての性格を帯びる。皇帝から所領と禄《ろく》を貰《もら》い、一朝事あらば自前の艦艇《かんてい》で馳《は》せ参《さん》じるのである。海賊と言って語弊《ごへい》があれば、戦国大名か軍閥《ぐんばつ》である。そして、その禄高に大小の差こそあれ、皇帝に忠誠を尽くす一単位ということにおいて、駆逐艦《くちくかん》一隻《せき》しか持たぬ彼女も、戦艦の艦長であるル・バラバ・ドムも、基本的に同格なのである。

「ロナワー大提督《だいていとく》はあの若造がえらくお気に入りでしてな」

ギトンはギョダン臭い息を、彼女の紅潮した頬に吐き掛けるようにして言った。「近いうち、八艦提督に抜擢《ばってき》なさるのではという噂《うわさ》ですじゃ」

「なんの不思議《ふしぎ》もない」

あっさりと、妖艶な女艦長は言った。「かやつの直系の先祖にあたるエルドナ辺境伯ベロバ・ドムは、ゴザ一世陛下《へいか》の御代《みよ》、かやつとさほど変わらぬ歳で、大提督に大抜擢されているはず。違ったかな？」

「さように相違《そうい》ありません」

頷くギトン。「もっとも、ゴザ一世陛下は急逝《きゅうせい》され、ゴザ二世陛下の即位と共に、その対抗勢力であったムズメット皇子の陣営に荷担《かたん》したベロバ・ドムは失脚、それを機《き》に、二度と歴史の表舞台に浮かび上がることはございませなんだ。爾来《じらい》、かつての名流ドム家は銀河の辺境で燻《くすぶ》りっ放し……という次第でしてな。それにしてもお嬢、いや艦長。ご幼少の砌《みぎり》より、名うての勉強嫌いじゃったあなたが、よくぞそこまで歴史のお勉強を……。このギトンめは、感涙に堪えませんわい」

「なに」

女艦長は、ふっと笑みを漏《も》らした。「興味のある男のことなら、その家系を遡《さかのぼ》って調べもする。それだけのことよ」

ホールの中央では、スポットの当たる場所に進み出たル・バラバ・ドムが、テーブルの上にずらりと並べられた剣を物色《ぶっしょく》し始めた。長いのあり、短いのあり。反《そ》ったの、真《ま》っ直《す》ぐなの。鋼やセラミック、中には動物の骨や牙《きば》、はては巨大甲虫の鞘翅《しょうし》を磨き抜いたものまであり、まさに選《よ》り取《ど》りみどり。その中からドムは、手頃な長さの、やや湾曲した片刃の剣を選んだ。剣というよりは刀に近く、かの地球のサムライ・ソードに似ていなくもない。

「ドムさま」

影の如《ごと》くドムに付き従っていた年嵩《としかさ》の従者が、さりげなくドムに忠告した。ドムほどではないが、精悍《せいかん》な猛者《もさ》だ。「その剣では、いささか心細うはございませぬか？　相手は、両手持ちの大剣を選びましたぞ」

MINE
YOSHIZAKI
2008.

「案ずるなバルサローム」

ホールの天井《てんじょう》を見上げるようにドム。ホールとはいっても、厳密には、地球はモンゴルのゲルをはるかに巨大にしたようなドーム状のテントであり、床には、サーカステントのように珊瑚砂《さんごすな》とおがくずを混ぜたものを厚く敷き詰めてある。流れ出した夥《おびただ》しい血で、足下が滑らないようにとの配慮《はいりょ》からである。

「俺は、これでじゅうぶんだ」

ドムはその容姿に釣り合った、凜とした張りのある声で言った。口調ひとつとっても、勢いというものがある。あまりにも自信に溢《あふ》れたその物言いに、副官バルサロームはもはや何も言えなかった。

「わかり申した」

それでも、黙って引き下がりはしないところが、この老練な副官の、副官たる所以《ゆえん》である。「何も申しませぬ……。アードラ神の御加護《ごかご》を。それにしても、ひと晩に三人とは……。三人……」

「始めようぜ」

焦《じ》れたように、大剣を振りかぶった相手が催促《さいそく》した。ドムも小柄には程遠いが、そのドムから見てさえ雲つくような大男である。半裸の上半身には、無数の創《きず》が縦横に走っている。並みの大人では持ち上げることも難しい大剣を、さながら小太刀《こだち》のように軽々と素振りする。「この俺の顔を、素手ではたいた無礼を、血で贖《あがな》わせてやるからな。覚悟せい、小僧」

　ドムは何も言わない。それればかりかその巨漢を、一顧《いっこ》だにしなかった。これから命のやり取りをしようかという相手なのに、端《はな》から眼中にないといった様子であった。だが当の巨漢には、それがわかっていない。

「俺の眼も、まともに見られねえとはな」

　あからさまな紋切り型の挑発《ちょうはつ》にも、ドムはまったく動じない。ただ、

「無駄口《むだぐち》を叩《たた》く主義ではないのだ」

と、素《そ》っ気《け》なく言ったきりである。「後がつかえておることでもあるしな。さっさと済ませよう」

「なにい！」

　挑発したつもりが問題にもされていないことを知って、半裸の野人はその髪《かみ》の毛《け》よりも真っ赤になった。「きさま、よもや俺に勝つつもりでいるのか⁉　不遜《ふそん》な若造め」

「それでは、本日の最初の決闘《けっとう》……」

　頭巾《ずきん》に羽根ペンを差した帝国書記官が、抑揚《よくよう》のない事務的な口調で言った。「六十四艦提督ハグラ・ド・キンガ対、戦艦艦長ル・バラバ・ドム。決闘の要因は、用兵談義に纏《まつ》わるドム艦長の、キンガ提督への侮辱《ぶじょく》……。武器は、剣とする」

「ほう……」

ドムが驚いたという顔でキンガを見上げた。正直、初めて相手の身分を知ったのであろう。「貴官、六十四艦提督であったのか？」

六十四艦提督とは、ラアルゴンに独特の階級呼称で、惑星連合宇宙軍で言えば少将に相当する官職である。ラアルゴンでは一個艦隊は八隻単位が基本で、提督の階級がひとつ上がるたびに、率いる艦艇も八倍、八倍で増えていく。なので、提督としては最下級の八艦提督の上が六十四艦提督、その上が五百十二艦提督となる。

「いかにも」

と、キンガ。「階級がふたつも上と知って、恐れを為《な》したか？」

「なんの」

ル・バラバ・ドムは不敵に嗤《わら》うのみ。「貴官でも六十四艦提督になれるということは、ラアルゴン艦隊も近頃は、よほど人材が払底《ふってい》しているのだな」

「なにいッ!!」

当然、烈火の如く怒り狂うキンガ。「殺してやる！」

「殺せるものならな……」

ル・バラバ・ドムのその笑みを見た刹那《せつな》、物見高い見物人の輪の中にいたかの女艦長は、心臓を鷲摑《わしづか》みにされたような気がした。

「なんという、笑顔か」

女艦長はむしろ慄然《りつぜん》とした。「あれが、決闘を前にした者の表情か」

「惚《ほ》れましたな、艦長」

と、ギトン。

慌《あわ》てて平静な表情を弥縫《びほう》した女艦長であったが、その動揺は覆《おお》うべくもない。

「なにをたわけを……」

「なに。御安心めされよ」

さすがに老獪《ろうかい》なギトンは、対応が大人だ。「私も、惚れ申した。あの、大胆不敵にして颯爽《さっそう》たる態度……。なまなかな覚悟でできることではござらん。経歴からして、相当な修羅場《しゅらば》を潜《くぐ》り抜《ぬ》けてきたはずですが……」

「もうよい黙れ、ギトン」

「御意……ハス艦長」

「ル・バラバ・ドム、か……」

女艦長シア・ハスはその名を深く、その表情と共に胸に刻み込んだ。

勝負は、一瞬であった。

最初の太刀を合わせたと見えた瞬間にもう、提督キンガはその頸動脈《けいどうみゃく》を寸断されて、えらくゆっくりと床に倒れ込む。敷き詰められた珊瑚混じりのおがくずが、たちまちその血を吸い込む。

「…………馬鹿な」

見開かれた瞳で、キンガは最後の言葉を呟《つぶや》く。どうしてやられたのか、彼自身にはわからなかったろう。

「見ましたか、お嬢……」

艦長と呼ぶことも忘れて、ギトンは呟いた。

「見た」

と、こちらもそのことを失念して、シア・ハス。「一呼吸の間に、三度も刃を繰り出したぞ。なんという電光石火……」

「決闘の相手とするに、これほど恐ろしい漢《おとこ》はおりませんな」

百戦錬磨《ひゃくせんれんま》の老将が、思わず襟元《えりもと》の汗を拭《ぬぐ》う。「いやはや、見物でよかったと……」

キンガの亡骸《なきがら》が古式に則《のっと》り、戸板で運び去られる。しかしル・バラバ・ドムは今宵、さらに二件の決闘を控えていた。よほどあちこちで、火種を撒《ま》いて歩いているか、さもなくば憎まれているかだった。いずれにせよ、身にかかる火の粉は払わねばならない。のみならずル・バラバ・ドムは、売られた喧嘩《けんか》は必ず買う主義と見た。少なくともシア・ハスは、一瞬でそう確信するに至った。

『これは……暇潰《ひまつぶ》しのつもりが、思わぬ拾い物であったかも』

「キンガ、愚《おろ》かな奴《やつ》……」

六人もの小者に担がれ、もの言わぬ姿で退場する敗者に一瞥《いちべつ》をくれながら、二人目の相手が言った。こちらはキンガよりもぐっと小柄ではあったが、それでもドムよりは僅《わず》かに長身であった。そしてキンガに較べれば（較べるも失礼な話ではあるが）はるかに知的に見えた。「だから言うたではないか。ドムは、貴様の手に余ると……。伊達《だて》にこの一年で、十八人もの決闘相手を殺したり、再起不能にしているわけではないのだぞ」

「いかにも」

ドムが頷いた。「で、パレン閣下《かっか》は、その私を決闘で殪《たお》して、御名を上げたいと申されますか」

「いかにも」

パレンと呼ばれた提督は、おもむろにそのマントを脱ぎ捨てた。「加うるに過日、やはり決闘でそこもとに討たれた弟の復讐《ふくしゅう》という意味合いもあるがな。ま、このさい私怨《しえん》はどうでもよい」

「賢明ですな」

大仰《おおぎょう》に頷くドム。相手は年長で、しかも身分も上なのだが、そのことを少しも感じさせず、また臆したり、萎縮《いしゅく》したりする様子など微塵《みじん》もない。この漢、戦場でも、実戦に臨んでもこうなのだろうかと、シア・ハスは思わずにいられない。「バルバの蒼鷹《おおたか》、パレン提督ともあろう者が、たかが異趣返《いしゅがえ》しなどで命を落としたとあっては、後の世までの誹《そし》りは免《まぬか》れますまい」

「ほう」

さすがに冷静な反応を示すパレン。将としての器も、人物の格でもキンガよりは上と思われる。しかし、その内実、腸《はらわた》は煮えくり返っているに相違ない。その証拠《しょうこ》に、握った拳《こぶし》が微かに震えている。年端《としは》もいかぬ若造に侮《あなど》られた恥辱《ちじょく》は、それほど大きいようだ。

「そこもとは、某《それがし》にも勝つ気でおると見える」

「さて、そこまでは」

傲岸《ごうがん》不遜にも、ドムは挑発をやめない。どこまでが本気か、パレンにも測りかねる。側《そば》に控えているドムの副官バルサロームにもわかっていない様子。否、ドム自身、自らの度外れた大胆不敵ぶりを持て余しているようだった。「しかし、不思議と貴官を前にしても、負ける気はしないのです。お赦《ゆる》しあれ」

「赦しは某ではなく、弾丸に請うのだな」

言いつつパレンは、決闘介添人《かいぞえにん》が恭《うやうや》しく毛氈《もうせん》付きの盆に載《の》せて掲《かか》げ持《も》った、二挺《ちょう》の短《たん》銃《じゅう》のうちから、一挺を無造作《むぞうさ》に取り上げると、装填《そうてん》されている弾丸を確認した。古式ゆかしい火薬式の銃で、銃把にまで流れるような螺鈿《らでん》の文様が施《ほどこ》されている。しかも、キャップ式の雷管と歯輪《しりん》式の撃発装置を備えた単発銃である。

「それでは、本日二番目の決闘……」

書記官が告げた。「六十四艦提督ナック・ル・パレン対、戦艦艦長ル・バラバ・ドム。パレン提督からの正式な決闘申請《しんせい》。弟君の無念を晴らしたきとの一念。畏《おそ》れ多くもゴザ十五世陛下じきじきの吟味《ぎんみ》により、受理され勅許《ちょっきょ》を得た。これは陛下の御裁断を仰いだ正式な決闘である。よって武器は、凡例に倣《なら》い短銃とする。両人とも、それでよいか?」

「御意」

「御意ッ!」

両者は頷き、ドムももう一挺の短銃を取り上げた。両者は正式なルールに従い、三十歩離れて立つ。それまでは一重の厚い輪であった見物の群れが、双方の流れ弾を避《さ》ける格好で二枚の壁となった。ごく自然な人の流れで、シア・ハスとギトンは、ル・バラバ・ドムを間近に仰ぎ見るという、絶好の位置に付くことができた。ごく普通に会話の可能な距離である。

ドムの火照《ほて》りを、シア・ハスは直截《ちょくせつ》に感じた。この若者のオーラは、確かに火照っている。側に立つだけで、熱い。

「それでは、三つ数えて抜くように……」

「一、二……」

「三!!」

銃声は、ふたつ同時。

「むう……」

肩を押さえて蹲《うずくま》ったのは、パレンであった。「無念……」

「生きられよ」

と、ル・バラバ・ドム。その長い髪が、僅かに乱れている。パレンの放った弾丸は、その髪をひと房ばかり掠《かす》めたようだ。「貴官はラアルゴンにとって必要な人材。その提督としての損失を私は惜しむ。弟御の分まで生きて、陛下に尽くされるがよい」

「そこもと……」

ドムを見上げ、パレンは言った。「弾丸が、見えたのか？」

「見えました」

言下にドム。「眉間《みけん》を撃ち抜かれるのが見えたゆえ、半歩避けました。調子のよい時には、宇宙空間で戦艦の放ったビームも見えます」

「道理で……」

ふっと嗤うパレン。不思議と悔しさはないようだ。「負け知らずよの。そこもとこそ、陛下の為に尽くされよ……。私はどうやら、時代遅れのようだ」

言い残すとパレンは、従者の肩を借りて、よろばいながら去った。

「勝者、ル・バラバ・ドム」

書記官が、宣言する。しかし、その抑揚のない口調とはうらはら、会場は、熱気で噎《む》せ返《かえ》るようだ。

「そなた……」

ドムが突然、シア・ハスを見た。まともに目が合う。

ハスはその視線のビームに中枢神経を貫かれたように感じた。

「俺の勘違いでなければ、先程から、熱烈に俺を応援してくれているように見えるが？」

「は、はい……」

いつもの彼女にもあるまじき、裏返った、オクターブ高い声。しかもヴィブラートまでかかっていた。「さよう……相違ございません」

「それは嬉《うれ》しい」

ドムの相好《そうごう》が一気に崩《くず》れた。それまでの険しい、獅子《しし》のような表情から、さながら悪《いた》戯《ずら》っ子のような。それは束《つか》の間《ま》一瞬とはいえ、シア・ハスの脳裏《のうり》に、生涯消えない残像として残った。「どうせなら、むくつけき男よりは美人の応援のほうがよい」

「び、美人……」

久しく、否、かつて一度も、男性から面と向かってそう言われたことのない乙女《おとめ》を籠《ろう》絡《らく》するに、それはじゅうぶんなひと刺しではあった。「あたしが……美人……」

「自覚がないのか……」

ドムが、また嗤った。今度の笑いは、最初のとは違い、幾分の辛辣《しんらつ》な嘲《あざけ》りが含まれていたようにも思われた。しかし、最初の一撃に優るとも劣らないダメージをハスに与えた。「まあ、繊細《せんさい》とは程遠き男どもに囲まれて、日々戦いに明け暮れていては、それもせんかた無きことではあろうな」

「…………」

「違っていたら赦されよ」

ドムは武人の顔に戻り、言った。「そなたは辺境方面哨戒《しょうかい》艦隊所属の駆逐艦艦長、シア・ハス殿とお見受けする」

「わ、私の名前を……」

「俗にラアルゴン八万騎と言うが、銀河を隅々まで検分しても、その若さで他にめぼしい、女艦長もおらぬのでな」

このドームには、艦長、及びその副官以上の身分の者しか立ち入ることを赦されない。ここにいるだけで、それなりの武将と察しはつく。

「いつかそなたと、舳《へさき》を並べて戦ってみたいものよ……」

「…………」

シア・ハスはもはや、ドムの視線を受け止めることができない。ただ少女のように俯《うつむ》き、柄にもなくはにかむほかなかった。

「撃沈……されましたな」

ギトンが隣で、ぼそっと呟く。「しかも、けっこうな深手《ふかで》……」

「これより、本日三番目の、そして最後の決闘！」

周囲の喧騒《けんそう》や思惑などお構いなしに、書記官が告げる。

「戦艦艦長ル・バラバ・ドムに対するは、これも戦艦艦長の……」

「あいや！」

その刹那、人垣の中から声が上がった。「待たれよ！」

「どうされた？」

書記官が訝《いぶか》る。「この期《ご》に及んで、如何《いかが》なされた？」

「某《それがし》……」

その若い男の声が言った。「棄権《きけん》致しまする！」

ラアルゴンの成人男子としてはあるまじき一語を、きっぱりと、躊躇《ためら》いもなく言ってのけた。しかもその声には、うしろめたさというものがまるで感じられない。むしろ喜として、言い放った。

「今宵のドム艦長には、勝てる気が致しませぬ」

＊＊

その若い決闘相手を、ル・バラバ・ドムは改めて見た。自分とほとんど変わらない背格好、年の頃もほぼ同じ。階級も、同じ戦艦艦長だ。滾《たぎ》るような野心を内に秘めた、燃える瞳という共通項まで、両者は持ち合わせている。相手は棄権を主張するが、強《し》いてそうせねばならぬだけの理由を、ドムは即座には見出せない。自分が負けたとしても、なんの不思議もない相手だ。もちろん、負ける気はしないが……。

「棄権すると申されたか」

ドムはつかつかと歩み寄り、いささか不躾《ぶしつけ》に尋ねた。「ドーラ・ラガン殿。なにゆえ、そうなさる」

「なに」

ドーラ・ラガンという、その若き艦長ははぐらかすように微笑《ほほえ》んだ。「今宵のそなたは、絶好調。アードラの神も、そなたに味方しているようだ。流れは明らかにそなたにある。殊更《ことさら》に死を恐れるわけではないが、そなたを勝たせて……その、地球人の好む言い回しだが、ハットトリックを達成されるのもつまらぬと思い、辞退することとした。ひらに赦されよ」

「赦すもなにも……」

ドムはいささか、調子が狂う。「そなたが素直に負けを認めるというのなら、その言葉に従うしかない。しかし、土壇場《どたんば》で逃げた臆病者《おくびょうもの》との謗りと、莫大な違約金とは、そなたを当分の間、苛《さいな》むこととなるが、よいか？」

「それは重々、覚悟のうえ」

ラガンは臆面《おくめん》もなく言った。「取り敢えず、違約金の手付けとして、砂金十袋……用意はしてある。これへ」

ラガンの従者が、ずしりと重い砂金の袋を携《たずさ》えて現れる。まるで、事前から準備してあったかの如く……。

「やけに周到《しゅうとう》だな」

ドムにはそれが、些《いささ》か障《さわ》る。「貴公、よもや最初から……」

「まさか」

ラガンは莞爾《かんじ》と笑ってのけた。あまりにあっけらかんとした様子に、ドムの猜疑《さいぎ》も瞬時にして氷解した。

少々鼻につく態度ではあるが、それこそ権謀術数《けんぼうじゅつすう》渦巻く高級軍人たちの殺伐《さつばつ》たる世界にあっては、この天衣無縫《てんいむほう》さはむしろ希有《けう》とも言うべきもの。決してドムの嫌いなタイプではない。修羅場の戦場でも、自らの背中を預けられる。

「書記官どの、如何?」

ラガンが尋ねる。

「棄権を、受理する」

相変わらず無表情に、書記官は言った。「よって、ル・バラバ・ドムの不戦勝」

しかし会場は、煮え切らない。ドムのハットトリックを見たかったということもあろう。観衆は口々にぼやきながら、中にはあからさまに『臆病者』ラガンを罵《ののし》りつつ、三三五々と会場を後にする。そしてドームには、ドムとバルサローム、ドーラ・ラガン、それにシア・ハスとギトンの五人が残った。

「そこもとは行かぬのか？」

ラガンが、いつまでも去ろうとしないシア・ハスを見た。

「行かぬ」

頑《がん》として、ハス。立錐《りっすい》の余地もなかった会場が空いてみると、改めてその肌の露出《ろしゅつ》ぶりが際立つ。「そなたこそ、行かぬのか。決闘相手と馴々《なれなれ》しゅうしておると、後で痛くもない腹を探られるぞ」

「構わぬ」

と、ラガン。「むしろ私はこれを機に、ドム艦長の知己《ちき》を得たいと思う。二人きりになりたいのに、そなたがなかなか消えてくれぬので、いささか困惑しておる」

「同じ言葉を、そっくり貴官にお返ししよう」

ハスも負けてはいない。「邪魔者《じゃまもの》は、そなたじゃ」

「なるほど……」

ラガンは頭を掻《か》いた。よくよく見れば、ハスの厳しい評価基準でもなかなかの好男子だ。「ラアルゴン随一《ずいいち》の勇者と、売り出し中の女艦長……。なかなか似合いのカップルではある。してみると、確かに私は邪魔者だな」

「ならば、いっそこの俺が消えようか？」

茶目っ気を出したつもりか、戯《たわむ》れにドムが言った。「どちらが先に俺と個人面談をするか、二人でゆっくりと決めてくれ」

「それは困る！」

ラガンとシア・ハスとは、図らずも同時に叫んでいた。そして、互いに顔を見合わせた。バルサロームが苦笑する。

「まあ、察するに要件は愛の告白でもあるまいし……」

老練なバルサロームは、笑いながら言った。「この場でできる範囲なら、順番にされてはどうか？」

「お先に……」

「いえ、そちらこそ…………どうぞ」

二人はけして本心からではあるまいが、互いに譲《ゆず》り合《あ》う。

「上級者のあなたから……」

「いや、地球式に、レディ・ファーストで……」

かえって折り合いが付かない。

「ドムさまは？」

バルサロームが助け船を出し、

「では……地球式にレディなんとかに則り」

ドムは、まずシア・ハスに向き直った。

「要は単純明快」

シア・ハスは待っていたとばかりに言った。「私を、ドム艦長の幕下《ばくか》にお加えくだされ!!　こう見えて娘の頃から習い覚えたる操艦術《そうかんじゅつ》には、いささか自信もある。足手纏いには、なりませぬ！」

「そなたの力量を疑うなど滅相《めっそう》もない。その歳で、女性《にょしょう》の身で、既に赫々《かくかく》たる戦果を上げているとも漏れ聞く。是非にも我が麾下《きか》に欲しい。なれど、そうしたきはやまやまなれど……」

ハスの目を見詰めつつ、ドムの韜晦《とうかい》。ただし脈はおおいにある。「一介の艦長の身分では、それも叶《かな》わぬ」

「なに、それは易《やす》きこと」

　意外にも、ドーラ・ラガンが口を挟んだ。「ドム艦長の提督昇進は、時間の問題かと思われる。この私にしてもそうだが、惑星連合宇宙軍と雌雄《しゆう》を決せんとする日も近ければ、みすみすこれほどの才能を、一介の艦長職にとどめ置く手はない。そうなれば、シア・ハス殿は是非にも、ドム『提督』の右腕となるがよかろう。いや、上層部の思惑でドム艦長の昇進が遅ければ、この私が先に、取り立てもしよう」

「ふん」

　だが、その賛辞《さんじ》に対する、シア・ハスの反応はきわめて冷淡であった。「土壇場で逃げ出すような、怯懦《きょうだ》な将の配下になど、頼まれてもならぬ」

「これは辛辣……」

　ラガンは苦笑しつつ、額に手を当てた。そこまで悪し様《あざま》に言われても、ハスに悪感情は抱いていない。「口もなかなか、立つようだ」

「ドム艦長！」

　シア・ハスはそんなラガンを一顧だにせず、ドムに向き直るや、やおらその両手を、たっぷりと決闘の血を吸い込んだ床に突いたのである。そればかりかほとんど、その形のよい額までも。「是非にもこの私を……。もう決めました」

「どうします？」

バルサロームが、ドムを見る。「この小娘は、本気ですよ」

「わかっている……」

ドムは、途方に暮れた。「しかし、今は保留とする外はない」

「…………と、いうことだ」

バルサロームが、シア・ハスを見る。「我が上官殿は、こういうことに限っては、至って口下手《くちべた》でな」

「是非にもございません！」

シアは両手を突いたまま、二人を見上げた。「しかし、私は諦《あきら》めません！　ドムさまこそ、我が命を捧げるに相応《ふさわ》しきお方」

「男《おとこ》冥利《みようり》に尽きるというものだな」

ラガンは羨《うらや》ましそうに呟いた。「まあ、俺が女なら、やはり惚れるのだろうな」

「さて、次はそなたの用向きを訊《き》こうか」

ラガンに向き直るドム。「汚名を甘受してまで、俺に言いたかったこととはなんだ？　それこそ、興味がある」

「そなたと、盟友になりたいと思った」

「盟友？」

これは意外と、バルサローム。「さても異《い》なことを申される。そなたは、ドムさまに決闘を申し込まれたのではないか？　その理由は、そもそもなんだ？」

「忘れた」

悪びれた様子も見せず、ラガン。「そなたが、二人の提督を手玉に取るのを見るうち、そんなことはどうでもよくなった」

真摯《しんし》な眼である。しかし、ドムには少々引っ掛かることもないではない。

「ラガンよ」

「はい」

「俺は、そもそも貴官から決闘を申し込まれたという記憶がないのだ。いや、確かに俺は決闘三昧《ざんまい》の日々を過ごしておる。任務で宇宙にあるとき以外は、ほとんど毎晩のように決闘を日課としてこなしている」

現に今宵も、三本。「しかし、一人ひとりの相手に対しては、その理由に至るまで、しっかりと記憶しておるつもりだ。手に掛けた相手の最期の顔も、瞳を閉じればはっきりと浮かぶ……。しかるに、そなたのことはまるで記憶にない。頬を打たれた覚えもなければ、人前で罵倒《ばとう》されたことも、賭《か》けジップ・カァーンでいかさまを仕込まれた記憶もな。賭けてもよい。間違いなく、そなたとは初対面のはず。そなたは、いったい何者なのか？」

跪《ひざまず》いていたシア・ハスが、弾かれたように起き上がった。ドーラ・ラガンがいきなり、狂ったように呵々大笑《かかたいしょう》したからだ。

「さすがはドム殿！」

ラガンはふてぶてしさと憧憬《しょうけい》の入り交じった眼でドムを見た。「下手な小細工を弄《ろう》したつもりが、まんまと見抜かれておる」

「貴様！」

バルサロームが思わず腰間《ようかん》の剣に手をやるのを、

「よい」

と、ドムはごく短く制した。「続きを聞こう」

「もはや一切合切、包み隠さず申し上げましょう」

ラガンは言った。「私めは決闘を装《よそお》い、密《ひそ》かにドムさまを亡き者にするようにと、さる筋から因果を含められた者に存じます」

「なにぃ!?」

反応したのは、シア・ハスの脇に控えていたギトンである。「貴様、刺客か」

「もはや刺客とも呼べまい。自ら名乗ったからにはな……」

ドムはどこまで鷹揚《おうよう》なのか。咎《とが》めだてする気は微塵もなさそうだ。そして、驚きも存外小さかったと見える。ラガン自身が、拍子抜けしたほどに。

「わざわざ、決闘の三組目に予定されていたのも、二人を殪した後ならば、よもや為損《しそん》じはあるまいとの姑息《こそく》な配慮《はいりょ》から……。しかし、ドムさまの鬼神もかくやの闘いぶりを見ておるうちに、その考えは費《つい》えました。それどころか……」

「なるほど」

頷く、ドム。「この俺の、盟友になりたいと」

「かような奴の申すこと、信ずるには価しませんぞ」

バルサロームは主君の為に、警戒心《けいかいしん》は解かない。「そもそも、依頼主を裏切るような奴です。いつまた、ドムさまを裏切らぬとも……」

「わかっておる」

苦笑するドム。「しかし、捨て置くにはあまりに面白い奴」

『また、ドムさまの悪い癖《くせ》が……』

バルサロームが苦々《にがにが》しく思うのはもっともだ。ル・バラバ・ドムには、人材漁《あさ》りという嗜癖《しへき》がある。奇癖と言ってもよい。そして、興味ある逸材であるならば、自分に対する好悪《こうお》の情すら、しばしば問わぬ。まったく奇特な性癖であると言わざるを得ない。

かく思うバルサローム自身が、かつては敵対していたさる陣営から、ドム本人によってヘッド・ハンティングされ、今では股肱《ここう》とも頼む副官に収まっているのだが……。

「部外者が、口を挟むのもどうかと思うが……」

遠慮《えんりょ》がちに、ギトンが言った。「せめて、その依頼主の名を明かすのが、筋と思われるがどうか？」

「御説ごもっとも」

頷くラガン。「しかし、この場で言うには障りもあり、後で、ドム艦長にだけ……」

「そう油断《ゆだん》させて、密かにドムさまを刺すか？」

「控えろ、バルサローム！」

ドムの叱責《しっせき》が飛んだ。「そのような回りくどい手を用いるくらいなら、とっくにこやつはそうしておるわ。白状した以上は、信頼してやろう」

「しかし……」

バルサロームは決意した。主君がどう思おうとも、けっしてこやつからは、片時たりとも目を離すまい、と。

「それにな」

追い討ちを掛けるように、ドムは言った。「依頼主にならば、もうあらかた見当は付いておるわ」

そう言って、ドムは眼を瞑《つむ》り、深い呼吸とともにその想いを巡らせた。

＊＊＊

「神官職が宰相職《さいしょう》を兼任するなど、それこそ前代未聞のことでござるよ」

と、ぼやきかけた声を、

「しっ、控えなされ」

別の声が遮った。「畏れ多くも陛下の御前でござるよ」

「聞こえはすまい」

と、最初の声の主は、長い会議用テーブルの、はるか上座に鎮座《ちんざ》する皇帝ゴザ十五世を見た。「いかに陛下の耳目が秀でていらっしゃろうと……」

「そういう意味ではない」

忠告した廷臣が、小声で囁《ささや》く。「どこに耳が潜んでいるか、わからぬということでござるよ。あの者が政《まつりごと》を壟断《ろうだん》するようになってからというもの、密告も大はやりでござれば……。恥ずべき行為であったはずがおおっぴらに、むしろ推奨《すいしょう》されておる昨今なれば……」

「なるほど」

最初の官吏《かんり》も頷いた。「爾後《じご》、気を付けましょうぞ」

「それでは、今回の昇進人事」

上座のほうで、枯れた声が言った。当の、宰相兼任の大僧正という、帝国始まって以来の、政教分離政策に抗《あらが》わんとする者であった。

それを、政治改革と言ってしまえば聞こえはよいが、むしろ、帝制以前の、寡頭《かとう》政治時代への逆行ではないかと見るむきが圧倒的である。だが、そうした声は当の宰相とその取り巻きによって、ひとつひとつ潰されているのもまた実状であった。

密告と並んで、もうひとつ密かに流行《はや》っているものがある。誰《だれ》もが憚《はばか》って口にこそ出さないが、謀殺《ぼうさつ》である。

それにより、空いたポストへの人事異動が夥しいのだが、そのほとんどが宰相の取り巻きで固められつつあるということは、もはや公然の事実であった。

だが、ごく稀《まれ》に、その潮流に逆らうかのような抜擢もないではない。それらは反宰相派の筆頭《ひっとう》をもって自認する大提督、ユッター・ド・ロナワーの、せめてもの抵抗であろうという見方が、大勢《たいせい》を占めていた。

「ル・バラバ・ドムを八艦提督に？」

当惑した表情で、軍務担当の人事官が首を傾げる。「あの問題児を？　さてもこの推薦《すいせん》は、理解に苦しむ」

「ロナワー殿」

皇帝のすぐ左に座を占めた宰相が、眼光鋭くロナワー提督を睨《にら》む。「これは、そなたの提案かな？」

「いかにも」

見るからに武人然とした老将は、言葉少なに頷いた。「実績からして、既に彼には、その資格じゅうぶん」

「しかし、あまりに素行が悪い」

人事官が難色を示した。軍人でありながら、ワングの幇間《ほうかん》とまで囁かれる存在であるから、人物のほうも推《お》して知るべしである。「確かに手柄も多いが、連夜の決闘につぐ決闘で、陛下の艦隊を預かる指揮官たちの、深刻なる人材不足の一因ともなっておる」

「そうであろうか？」

ロナワーは意に介さない。「私の見るところ、彼はむしろ、陛下の禄を食《は》みながら怠惰《たいだ》を貪《むさぼ》り、軍役の役にも立たぬ穀潰《ごくつぶ》しどもを、選んで粛正《しゅくせい》しているように見えるのだが……」

辛辣な物言いである。人事官は露骨《ろこつ》に眉《まゆ》を顰《ひそ》めた。

「ロナワー提督」

ついに、当の『穀潰しども』の首魁《しゅかい》が口を開いた。「規定では八艦提督への昇進は、最低でも六十四艦提督二名以上の推挙が必要じゃ。一名はそなたであるとして、もう一名は誰ぞ？」

「はい」

ロナワーは頷き、言った。「ナック・ル・パレン提督でござる」

「なんと」

宰相兼大僧正は、その木乃伊《ミイラ》のような貌《かお》を覆ったベールの下で、密かに驚いた様子であった。「パレンと申せば確か、そのドムめに決闘で敗れたばかりではないか。三本決闘の二本目で、その後棄権した腰抜けまで出たという、あの夜の……」

「はい」

頷くロナワー。「その通りです。しかし大僧正猊下《げいか》もまあ、こまごましたことをよく御存知で……」

「まあ、くだらんことに興味があるのは、誰しもであろう」

宰相は呟《しわぶ》くようにして言葉を濁した。「パレンめ、寝返りおって……」

「まあ、彼もドム艦長の為人《ひととなり》に触れて、思うところあったということでござろう」

ロナワーは宰相から視線を逸《そ》らすことなく言った。もはやこの奸臣《かんしん》に箴言《しんげん》を述べられる、唯一の人物と言ってよかった。「まことドムという漢は、若いながら、人を感化する才に長《た》けておる。その天下無双の武勇もさることながら、私はむしろ、そちらのほうを高く買っておる」

「よかろう」

奸物宰相は、姑息な小人物に見られるのが嫌さにしぶしぶ頷いたと、ロナワーの眼には映った。「ル・バラバ・ドムの昇進を、受理しよう。なに、たかだか八艦提督への昇進に、いちいち宰相たるこのワシが、目くじら立てることもなかろうて」

『こやつ、また新たな、刺客を立てよるな』

とまで、ロナワーは看破《かんぱ》していた。さして長くもない付き合いで、この宰相の陰湿な性格は知悉《ちしつ》している。『ドムには、いっそう身辺に気を付けるよう、さりげなく忠告せねば』

もっとも、刺客の一人や二人、自らの裁量でなんとかしてしまう漢だとも、ロナワーは思っていた。そこまでドムのことを買っている。

「この件はもうよい。次の議題じゃ」

御前会議の席で堂々と眠りこける陛下を横目に、宰相にして大僧正の重臣、帝国を牛耳らんとする佞臣《ねいしん》ナク・ラ・ワングは、不機嫌そうに呟いた。

「次！」

まるで、自らが皇帝でもあるかのようであった。

＊

重力エレベーターで、多数の艦艇が花弁状に係留《けいりゅう》された衛星軌道上のドックへと打ち上げられるとき、誰しもが強烈な浮揚感《ふようかん》を体感する。初心者や脆弱《ぜいじゃく》な者は嘔吐《おうと》し、ごく稀ながら死者すら出ることもある。しかし、馴れた者にとってはむしろ、この感覚は好ましい。宇宙に還って来たと、懐かしく思いまた、地上の喧騒と瑣末《さまつ》な忙事《ぼうじ》と、息が詰まりそうな権謀術数から解き放たれて、安堵《あんど》しさえする。少なくともル・バラバ・ドムに関しては、そうだった。

根っから宇宙の、漢である。

「名ばかり提督とは、このことだな」

エレベーターの浮揚感に身を委《ゆだ》ねつつ、ドムは密かに自嘲した。「八艦提督に昇進はしても、未《いま》だ率いる艦隊もない。シア・ハスの駆逐艦『ガルギュラン』を、是非にも麾下にと申請はしたものの、その後、艦政省からはまるきり音沙汰《おとさた》がない。地球人どもの言う『なしの飛礫《つぶて》』とは、このことか」

「そうお嘆きあそばさるな」

バルサロームは、エレベーターのチューブに映るドムの横顔に向かい、慰《なぐさ》めた。その消沈した表情を、無数のランプが物凄《ものすご》い速さで下に向けてよぎる。二人だけのときには、こんなあからさまに落胆した表情も見せてしまう。そのことがバルサロームには、むしろ嬉しかった。「その代わり、艦は新しくなりましたぞ。最新鋭の高速戦艦。それも、ネーム・シップです」

ネーム・シップとはあからさまに彼らと敵対する惑星連合的な表現ではあるが、ラアルゴン人はむしろ、好んで最新の軍事用語を彼らの敵から剽窃《ひょうせつ》した。中には換骨奪胎《かんこつだったい》してしまう場合すらある。ネーム・シップとは要するに『○○級』の○○と、艦名とが一致する艦のことで、単に一番艦と言うよりは語感がよい。

「ネーム・シップとは、ある種の実験艦でもある」

皇帝の名の下に名だたる新鋭艦を頂いて、ドムの表情はしかし冴《さ》えない。「未解決の技術的問題も多かろう。それらをひとつひとつ、モルモットとして体験せよ……という意味合いもあるのであろうよ。申すならば、死んでこいと言われているような気もする」

「それほどシア・ハス艦長の太腿《ふともも》に御執心《ごしゅうしん》ですか？」

バルサロームは敢えて茶化した。「確かにあの餅肌《もちはだ》は、ふふ……」

「馬鹿を申せ！」

軽くではあるが、激昂《げっこう》するドム。元気付けようとする副官の計略は功を奏した。「俺が惚れているのはシア・ハスの、艦長としての技倆《ぎりょう》であって……」

「惚れて、おるのですな」

「…………」

チューブに映る顔が、微かに赤面した。「ま、あの女には、確かにそれだけのものはあるのでしょう。ドムさまにその気がなくとも、不思議と釣り合っているというのも、わかります。ですが今は、艦のことにご専念なさいませ」

「わかっておるわ」

「ま、新型を一目見れば、その塞《ふさ》いだ気持ちも幾許《いくばく》かは晴れましょう。いたって癖の強い悍馬《かんば》なれど、それだけの艦ですぞ」

「と言うことは、既に貴様は下見をしたのか？」

「御意」

頷くバルサローム。「過日、既に」

「狡《ずる》いぞ。上官を差し置いて」

「一種の『毒味』ですよ。艦内のどこに刺客が潜んでおらぬとも限りませぬし……」

「で、どうだった？」

「その心配は杞憂《きゆう》でしたな。しかし、正直惚れました。まこと、ドムさまには似つかわしき艦かと……」

「おう！」

エレベーターのチューブに、その真新しい戦艦の、輝く装甲が照り返した。ドムは一目見て童心に返り、一切の懸案《けんあん》事項は綺麗《きれい》さっぱりと、忘却の淵に追いやられてしまった。「あれが……『ドローメ』か」

磨き抜かれたようにつるんとした装甲表面は、ぱっと見の第一印象からしてそれまでのラアルゴン艦艇とは一線を画する。どんな素人《しろうと》でも一目で、従来の戦艦とは違うことがわかるであろう。特に動力性能に秀で、機動力は同じクラスの標準型戦艦の三倍、航続距離は実に四倍。これならば単艦で、惑星連合の哨戒線の裏を掻いて、敵の主張する『絶対防衛圏』を直截に脅《おびや》かせる。その高機動性に較べ、火力が取り沙汰されることは少ないとはいえ、それでも『当社比』にして倍近い砲力を誇る。ニョキニョキとしたものものしい砲塔こそないが、強力無比な十二門の球体主砲塔《ベアリング・ターレット》が、半埋め込み式に搭載《とうさい》され、しかもそれらは全門を、前方に向けて集中することができた（従来艦では一方向への指向は、全搭載主砲の半分乃至《ないし》三分の二）。なおかつその球体砲塔は、航行中には猫の爪のように引っ込めておくこともできる。それもまた、高い機動性に貢献《こうけん》し、さらには単独での大気圏突入と、特別なブースターなしの再離脱とが可能だった。

これは、フォーミュラーカーでありながら戦車の性能を持つにも等しい。百年前まで遡っても、いかに前例のない画期的な戦艦であることか。これが、年端もいかぬ若造に与えられると聞いて、それまでドムに対しては概《おおむ》ね好意的であったロナワー派の艦長たちが、一転して羨望《せんぼう》の目を差し向けたというのも、無理からぬことではある。

「どうです。あれも、なかなかいい女でしょう」

バルサロームは、チューブに顔を貼り付けるようにして瞬きすらしない、ドムの背中に向けて、窘《たしな》めるように言った。

「重力ボラード、キャンセル。ガントリーロック解除」

「了解」

てきぱきと機敏《きびん》に動く、部下たち。これもまた、ドムの財産であった。

否、これこそが最高の財産であった。

かほどに、手足のように労《いたず》いてくれる部下たちがいたればこそ、ドムもこの若さで提督になれた。ドムと同年代の者もいるが、多くは亡父の代からドム家に仕える、熟練の水夫《かこ》や梶取《かんどり》たちであった。そういう意味では、ドムとその一族郎党も、シア・ハスのそれと同じで、宇宙海賊と大差はないのである。いや、部族社会のラアルゴンでは、おしなべて皆、大同小異と言っても過言ではあるまい。

「『ドローメ』、ドックを出ます！」

舵手《だしゅ》が叫んだ。「アードラの御加護を!!」

「アードラの御加護を！」

バルサロームが応じた。これがボン・ボヤージュ。『ドローメ』と、『提督』ル・バラバ・ドムにとっての初陣《ういじん》である。

ブリッジにいた全員が剣を抜き、掲げつつシャカシャカと打ち鳴らした。ブリッジだけではない。おそらく、艦内の随所《ずいしょ》で、その職掌《しょくしょう》に支障のない範囲で、同様の光景は見られたに違いない。

滑《なめ》らかに、滑《すべ》るように『ドローメ』は宇宙港を進み出た。

「微速前進、舵中央」

「了解。微速前進。舵、中央」

「ゲートを抜けます」

「半速に増速」

「了解。半速に増速」

スラスターの動きも、滑らかであった。ジェネレータの回転の低い段階から、はっきりとパワーが出ている。相当な底力だ。

「半速から原速に増速、重力圏離脱《りだつ》」

「了解。原速に増速します」

「重力圏を離脱後は、強速に増速。その後、速やかに第一から第三戦速まで加速せよ」

「こんな早い段階から、そこまで回していいんですか？」

機関士が訝るようにドムを見た。「本来ならもう少し、慣熟運転が必要ですが」

「こいつに限っては、そのようなものは必要ない」

ドムは強気だ。「ロナワー提督がくだされた、新型戦艦だ。いきなり最大戦速まで回して、大丈夫だと思う。だがそこは慎重を期して、そして、後のちの楽しみとして、第三戦速あたりでやめておく。そういうことだ」

『ドローメ』が、桁外《けたはず》れの駿馬《しゅんめ》だとわかるのに、さほどの時間は要しなかった。

「なんという出力だ」

ほとんど隔壁《かくへき》に押しつけられつつ、バルサロームは唸《うな》った。「これでまだ、八十%にも満たないというのか……」

「ああ」

満足げに頷くドム。「マニュアルによれば、緊急時にはオーバーブーストで、二百%まで可能だということだ」

「『ドローメ』は平気でも、中の人間がもちません……」

取り敢えず三十%までパワーダウンし、クルーたちはようやく、加速重力の軛《くびき》から解放された。十分足らずの加速で、半数の者が、前後不覚の状態に陥《おちい》っていた。

「しっかりせんか。実戦ともなれば、この程度のことは日常茶飯事だぞ」

叱咤激励《しったげきれい》するドム。なんのことはない、慣熟運転が必要なのは『ドローメ』よりも、そのクルーたちのほうだった。

「少しずつ、体を順応させていくしかありませんな」

バルサロームの言葉に、ドムは無言で頷いた。乱れた緋色《ひいろ》の髪の毛が、汗で額に貼り付く。

「全員が『ドローメ』の加速に馴れたとき、俺たちは宇宙最強になれる」

その言葉に、間違いはなかった。

▼＊

「節くれだった指じゃな、ロナワー」

その少女が、跪く老提督の手を取った。「しかし、よい指じゃ。この手で、今までライクン朝に仇為《あだな》す夷狄《いてき》を蹴散《けち》らし、銀河の鎮《まも》りを盤石《ばんじゃく》にしてくれたのか？　父祖代々に成り代わり、礼を申さねばな」

「勿体《もったい》のうございます、殿下」

ロナワーともあろう者が、感涙を堪えるだけで精一杯。「臣は思うのです。殿下が、男子であらせられたらと……」

「よせ。くすぐったい」

十一歳にならんとする皇女は、利発そうな瞳ではにかんだ。「それに、仮に余が男児であったとして、上に兄上が、二人もいらしてはな」

「兄君たちは、関係ございらぬ」

較べるだけでも不遜といった表情で、ロナワー提督は熱い心情を吐露《とろ》せずにはおれなかった。今まで抑えてきた感情が、堰《せき》を切ったように溢れ出した。「バスタップさまはせいぜいがトビかフクロウ、ソミュアさまに至ってはせいぜいがダチョウかニワトリでござろう。しかるに殿下は……雌《めす》ながら紛れもない鷲にてござる。臣ロナワーは、それが口惜しいのでござる」

「大袈裟《おおげさ》な……」

「大袈裟とお思いか」

ついに堪えきれず、はらはらと落涙するロナワー。「臣は、臣は……」

「また、ジップ・カァーンの相手をしてはくれぬかなあ、ロナワー」

泣かれてはたまらぬと、皇女は席を立った。「ほれ、いつぞやの誕生日にそなたが余に贈ってくれた、絡繰《からく》り仕掛けで駒が勝手に闘う、特製のジップ・カァーンがあったであろう」

「いにしえの故事のように……」

と、ロナワーは俯いたまま呟いた。「ジップ・カァーンで、皇帝が決められたらよいのに……。敵であるべき地球から、思いもかけぬ珍客が現れて、宮廷に渦巻く姦計《かんけい》を、粉微塵に打破してくれたらよいのに……」

「なにをわからぬことを、ムニャムニャと申しておる」

皇女アザリン・ド・エル・クラン・ライクンは微笑みつつ、広げた盤上に駒を並べ始めた。「そんな調子では、また余が対等の条件で勝ってしまうぞ」

「なんの……。あれは、まぐれにてござる」

「そうかな？」

アザリンは首を傾げた。「そなたは知るまい。あれから余が独りで、どれほどの研鑽《けんさん》を積んだか」

その笑顔を見ているうちに、ロナワーの心はいつしか晴れてきた。

『今は、このお方に賭けるしかあるまい……』

そうとまで、思い詰めている。『帝国の屋台骨《やたいぼね》を、傾《かし》がせない為には……』

早いうちにこの皇女を、ドムに引き合わせたい。二人の逸材が手を組めば、奸臣ワングの跳梁《ちようりよう》をこれ以上は赦しはすまい。

いまは、それが一縷《いちる》の望みであった。

▼＊＊

「レーダー反応」

緊張感が、『ドローメ』のブリッジに漲《みなぎ》った。「船籍不明の大型艦二隻……」

「まず間違いなく、敵であろうな」

腕組みをしながら、仁王立ちのドム。「ここはもはや、惑星連合宇宙軍の領域だ。味方ということは、まず有り得ぬ」

「解析完了」

早い。ドムの配下は、その末端に至るまで、きわめて優秀と言わざるを得ない。「惑星連合宇宙軍の『コンステレーション』改型戦艦、おそらくはステルス対応の、バッヂ4です」

やや旧式ながら全長は『ドローメ』より三十メートルほど長く、死重は二割ばかり重い。それが、二隻。

「凡庸《ぼんよう》な艦長であれば、数の利あらずとして、遁走《とんそう》するところであろうなあ……」

「では」

振り向いたバルサロームの眼が、輝く。「一戦、交えるお覚悟なのですな」

「覚悟もなにも、叩き潰すまで。あの程度の相手なら……」

仮にも戦艦二隻を相手に、あの程度と言えるほどの漢。やはり上官に持つなら、こういう豪傑《ごうけつ》がいい。

「撃て！」

「いきなりですかい!?」

砲術長が狼狽《ろうばい》したほど、その命令は唐突であった。

「馬鹿もの！　既に有効射程内だ」

「…………いつの間に!?」

『ドローメ』の加速性能があまりにもよいので、両者の接近も思いの外早く、従来の三分の一以下の所要時間で、射程を割り込んでしまった。そもそもワープ性能が桁違いなので、たった一回の跳躍《ちょうやく》で、敵の領域内に深々と突出してしまったのだった。この新しい戦艦には、確かに新しい戦術と、既存の枠《わく》にとらわれない、新しい指揮官が必要であった。並みの力量では、むしろその性能を持て余したであろう。

「宝の持ち腐れと、言われたくはないのでな。発射準備は整ったか？」

「しょ、少々お待ちを……」

「遅い。五秒でやれ！」

『ドローメ』の演算システムもまた、速い。

「と、整いまして……」

「撃て!!」

十二門の球体フェーザー主砲が、やや拡散ぎみの照準で、ビームを放った。

「命中、なし」

だが、三秒を経ずして、装塡《そうてん》ランプがグリーンに。

「なんという素早い充塡だ」

その点も、格段に進歩している。

「照準微調整終了！」

「撃て!!」

三斉射めに、二発の着弾を見た。

四斉射めは、そこに全弾が集中。

「当たった！」

『ドローメ』のブリッジは、どっとばかりの歓声に包まれる。

「そこに、すかさずもう一撃だ！」

だが、

「必要ありません」

と、砲術長。「目標、消滅」

「なに？」

拍子抜けするほど、呆気《あっけ》ない『ドローメ』での初戦果。従来艦では、少なくとも八斉射は浴びせねば、戦艦にとどめは刺せなかった。

「目標！　もう一隻に変更！」

間髪《かんはつ》を容《い》れずそう命じられるドムの臨機応変《りんきおうへん》ぶりも、さすがであった。

▼＊＊＊

茫然《ぼうぜん》自失となる、『コンステレーション』改級戦艦『フランシスコ・ピサロ』のオペレーター。

「『コロンバ』が……」

「敵は、どこから……」

それほどに、対応が致命的に遅い。多くのクルーは、僚艦『コロンバ』が、巨大な隕《いん》石《せき》にでも衝突《しょうとつ》したのではないかと思ったほどだ。

「敵影を確認！　戦艦クラス」

「データ、ありません！　アンノウンです!!」

「しかし、この速さは……」

ヘッドギアを着けた女性オペレーターが、必死にレーダーで追尾する。「駆逐艦どころか、攻撃機ばりの加速です……」

「質量的には、間違いなく戦艦だが……」

「ようし、捕まえた」

砲術オペレーターが、ガッツポーズ。「照準固定！」

「はんげ……」

艦長が命じた刹那、『フランシスコ・ピサロ』はいきなり初弾から、正確無比な射撃にブリッジと機関部を貫かれた。

「馬鹿な……」

消えゆく艦長とそのクルーたちには、そう叫ぶだけの時間すら与えられなかった。

＊
◆

打ち震えんばかりの歓喜。抑えても抑えても、心の内からマグマのように湧き上がってくる昂奮《こうふん》。ドムは、その雄叫《おたけ》びを、辛うじて堪《こら》えた。

正味一分弱の戦闘は、一方的な殺戮《さつりく》に終始した。しかも、敵は戦艦二隻。彼我《ひが》の戦闘力に、結果ほどの差はなかったと断言できる。武人としては、悦《よろこ》びも一入《ひとしお》。

「それにしても、なんという艦《ふね》なのだ、この『ドローメ』は……」

ふたつの小さなガス雲と成り果てた敵艦の残留物の中を惰性《だせい》で突っ切りながら、我知らずドムは声高に独り言を漏らしていた。「できる！　なんでもできる。この『ドローメ』が我が掌中《しょうちゅう》にある限り、今までやりたくてもできなかった闘い方が、いかようにもできる！」

　たった一隻の戦艦しか持たぬ提督ではあるが、尋常の八艦艦隊を与えられるよりも、遥《はる》かに大きな贈り物だった。これならば、快く思わぬ連中から『一艦提督』と揶揄《やゆ》されようとも、笑っていなせるというもの。

「敵は、増援申請を打電する暇もなかったろうな」

「はい。通信波も、緊急パルスも傍受《ぼうじゅ》されてはおりません」

　頷くバルサローム。さすがに彼はその上官よりも冷静であった。それでも、握った拳がまだ震えている。声もいくらか、うわずっていた。「ですが、ここは既に敵の密集宙域。定時連絡が途絶えれば、すぐにも増援が駆け付けましょう。ワープして離脱するのが得策かと」

「駆け付けて来る敵を、次から次へと手当たり次第に沈めてやりたい衝動にも駆られるがな」

　それでもドムは、その誘惑《ゆうわく》に打ち勝ち、配下に命じた。

「連続ワープで、一気に帝国領土にまで戻るぞ。手土産《てみやげ》は、戦艦二隻」

　ブリッジは噎せ返るような熱気に沸き立った。慣熟訓練を兼ねた長距離威力偵察としては、上々の首尾だ。

「艦長……いいえ、提督」

バルサロームが、歓喜に火照った頬でドムを見た。「特別に、部下どもに勝鬨《かちどき》を赦しても、宜《よろ》しいでしょうか？」

「おう」

応えるドムこそ、願ってもない。「やろう！」

凄まじい勝鬨の声は、『ドローメ』の装甲鈑すら揺るがした。

◆

稀代《きたい》の奸物宰相は、まるで自身が皇帝にでもなった気分で、宮廷の中庭を闊歩《かっぽ》していた。少なからぬ皇帝が、この中庭で暗殺されたという厳粛《げんしゅく》たる事実が、その寂しい脳裏を去来する。なるほど、そう思って眺めれば、あの柱の列にも、あの植え込みにも、刺客は容易に潜めそうだ。今よりも政権を掌握《しょうあく》し、摂政とでも呼ばれる身分になった暁《あかつき》には、自分も暗殺者対策に心を砕《くだ》かねばなるまい。差し当たり、あの植え込みは刈り込んでしまおう。いずれはあの、柱も。すべて摂政、いや、法皇の権限で……。

「猊下」

ぞろぞろと連れ歩いている腹心の一人が、言葉を掛けた。宰相よりも先に大僧正になったので、いまだに『閣下』ではなく『猊下』と呼ばれることが多かったが、ワング自身は、この呼称に違和感があった。

「なんじゃ」

愉《たの》しい空想を中断された未来の法皇は、不機嫌そうに振り返った。

「陛下のことにござる。また御前会議の最中に、それも肝心の、今後の作戦展開の説明の最中に、まどろんでおいででした」

「知っておる」

殊更に指摘されるまでもないことだった。

『いかに御輿《みこし》とはいえ、凡庸にも程がありよるわ』

そう、口に出すことはさすがに憚られた。『そろそろ、すげ替え時か……』

ふと、
小鳥の声に交じり、カツカツという小さな音がワングの耳に届いたのは、そのときである。

「なんじゃ？」

「回廊の方向ですな」

歩み行った一行は、そこに奇妙な光景を見た。

皇女アザリンが、一心不乱にチョークで、回廊の床になにごとかを書き付けている。

夢中になるあまり、ワングら一行が足を止め、じっと見ていることにも気付かない。

「何を……」

「しっ」

ワングが、指を立てた。

『なんと……』

よくよく見れば、それは、艦隊展開図であった。しかも、敵の予想される動きも、希望的観測ではなく、微に入り細を穿《うが》ち、描かれている。

精緻《せいち》に描かれた味方主力艦隊の中央には、ひときわ巨大な塊《かたまり》が、チョークによって白く塗り潰されていた。

「猊下……あれは？」

「見てわからんか」

と、ワング。「『メルバ』じゃ」

「『メルバ』ですと⁉」

側近は驚愕《きょうがく》した。「殿下の艦隊拡張構想には、『メルバ』も織り込まれておるというのですか……」

超々弩級《どきゅう》の巨大戦艦と言うよりは、自航要塞とでも言うべき『メルバ』。圧倒的に強力でありながら、その費用対効果を疑問視され、皇帝が代わるたび、何度も建造中断と再開とを繰り返され、未だに未完成の破格の兵器……。今もその評価のほどは、圧倒的主流となっているワングの派閥《はばつ》の中ですら一致を見ていない。『メルバ』などなくても現有兵力だけでじゅうぶんに惑星連合宇宙軍に勝てる。ただでさえ軍費の捻出《ねんしゅつ》に苦慮《くりょ》する国庫を圧迫するなど愚《ぐ》の骨頂《こっちょう》というのが、建造反対派の言い分であり、いっぽうの建造熱望派に言わせると、帝国には是非とも軍事的シンボルが必要であり、なおかつライクン朝にとっては、積年の悲願……というのが大義名分であった。

ワング自身は、密かに建造を支持している。将来的に、法皇の御輿にこれは恰好《かっこう》の乗り物となる。もちろん、今はおくびにも出せない。

『そうか。殿下も「メルバ」を……』

突然、アザリンが『メルバ』から、太い線をさっと引っ張った。そのラインがなにを意味するかは、わかる者には一目瞭然《いちもくりょうぜん》であった。敵対する敵艦隊の中央部を、そのチョークの線がよぎる。それからアザリンは、そのラインの周辺にある敵艦のひとつひとつに、チョークで×印を描いていった。

敵の兵力は、一瞬にして三分の一を余すのみとなった。

『やはり……』

と、ワングはしたり顔で思った。『すげ替えるなら、この首より外にあるまいな』

ル・バラバ・ドムの跳梁により、惑星連合宇宙軍は深刻な被害を累積《るいせき》させていった。防衛ラインの内側深く、神出鬼没の高速戦艦によるヒット・アンド・アウェイで、確実に戦力が削られていく。当初は偶発的事態と楽観視していた上層部も、じきにその存在を無視できなくなる。そして、明白な害意をもって警戒網の裏を掻いては、嘲笑うかのように虎の子の戦艦や空母を沈めていくその敵の存在は、次第に『懸賞首《けんしょうくび》』の趣《おもむき》を帯びていった。

◆
＊

銀河標準時間にしてわずか三週間ばかりで、『新型戦艦X』の神懸《かみが》かった狼藉《ろうぜき》ぶりとその動向は、全軍の関心事となっていた。気心の知れた者が顔を合わせれば、その話題でもちきりである。

たとえば、前線基地の士官食堂で、数ヵ月ぶりに遭遇したその先輩後輩も、例外ではなかった。

「あれにはさすがの親父も、ほとほと頭を悩ませている様子だったな」

少佐の制服に身を包んだハンサムな先輩が、同じくらい男前の後輩に向けて言った。

背格好といい、身に纏った清冽な空気といい、二人はどこかしらよく似ている。気心の知れた間柄である。『戦艦X』の艦長は、よほどの豪傑らしい。赦されるものなら俺も、同じ艦長職として、あんな風にやってみたいよ。あれは、艦長の夢だ。鑑《かがみ》だ」

「先輩。敵をそこまで褒《ほ》めることはありませんよ」

大尉《たいい》である後輩が、先輩の行き過ぎを窘めるように言った。この二人の場合、役割は比較的はっきりとしている。多くの場合、先輩がアクセル、後輩はブレーキ役である。

「自分の同期も、何名か犠牲《ぎせい》になっています。不謹慎《ふきんしん》です」

「俺の同期もな」

と、少佐。「哨戒という任務からして、この俺とていつやられるかわかったものではない。それから、もう先輩はよせ。お互い立派な軍人なんだから……。いつまでも、士官学校の生徒じゃない。ミフネ少佐と呼べ」

「はい」

頷く大尉。「そうします、ミフネ少佐殿」

「殿は要らん」

キクチヨ・ミフネ少佐は嗤って言った。「ヤマモト、貴様もそろそろ、艦長職じゃないのか？　貴様ほどの力量なら」

「損耗《そんもう》が激しいことを喜ぶべきではないかも知れませんが……」

マコト・ヤマモト大尉は真一文字に結ばれた唇で言った。「この調子で戦死者が重なれば、遠からずお声が掛かるでしょう。ですが先……少佐、自分にとっての適所は、あくまでも有能な副官です。少佐が艦長、自分が副長。まさに黄金コンビだと思いませんか？」

「ああ」

それこそ士官学校時代から思い描いてきた、二人の夢であった。

「二人が組めば、いつまでもラアルゴンに調子づかせたりはしませんよ。件《くだん》の『戦艦X』だって、ものの数では……」

「…………だといいが」

ミフネ少佐は、時おりふっと、とても寂しそうに嗤う。有能なことでは上層部の折り紙付きだが、けして驕《おご》らない、希有な人柄である。

「ところでヤマモト」

「はい？」

「おまえ、この前俺が言った占い師には、見てもらったのか？」

「あの、当たると評判の？　どうですかね？」

ということは、占ってはもらったらしい。しかしその表情は、あまりに歯切れが悪いものだった。「上司のことで泣きたいほど苦労させられる……。それはまあいいとして……」

「どうした？」

「美人のかみさんを貰える。ただし、女難の相が色濃くある……。相手は異国情緒溢れる、焔《ほのお》のような女、だそうですよ」

端から信じていないという口調で、それでも律義《りちぎ》にヤマモト大尉は言った。度外れた品行方正。浮いた噂はまるでない。ミフネ少佐が、密かに心配するほどに。「上司はともかく、結婚相手に関しては眉唾《まゆつば》ものでしょうなあ」

「とにかく言えることは……」

ミフネ少佐は微笑んだ。「上司にも、結婚相手にも、頭が上がらない……。そういうことだな」

「先輩！」

「ははは。赦せ」

豪放磊落《ごうほうらいらく》にして融通無碍《ゆうずうむげ》、天衣無縫な一面もあるミフネは言った。「しかし、ミーシャの館によれば、少なくともおまえは結婚できるんだな。よかったよかった」

「申し訳ありませんが、それほど嬉しくもないというのが偽《いつわ》らざる心境ですよ」

「そうぼやくな。同じミーシャの館の占いによると、俺は生涯独身だそうだ」

「ほら、これではっきりしました」

ヤマモトは、一種勝ち誇った表情で言った。「これで、あの占い師が食わせ者だということが、はっきりしましたね。自分はともかく、先……少佐が結婚できないなんて、有り得ない」

実際、キクチヨ・ミフネはもてる。女性士官、民間人、客商売の女性を問わずもてるのだ。その気性からして、当然のことではあったが……。

「見合いする暇もないんだ」と、ミフネ少佐。「兄貴が戦死してからこの方、おふくろは早く結婚してくれとうるさいくらいだ」

「父上は？」

尋ねるヤマモト。軍人一家に育ったミフネの父は、現役中将だ。

「恬淡《てんたん》としているよ……」

努めて無表情に、ミフネ少佐。「ま、本心では兄貴がいなくなって寂しいんだろうな。孫も見たいが、立場上そうとも言えない。そんなところだろうな……」

「だったら、なおさら……」

「うん」

キクチヨは、ヤマモトを見上げた。「おまえには、言っておく。俺は、なんだか独り身で終わりそうな予感がしてきたよ。それも、それほど先のことではなく……」

「やめてください！」

ヤマモトは声を荒げるようにして立ち上がり、士官食堂にいた全員が一斉に、振り向いて二人を注視した。

◆＊＊

「あたしが結婚？」

シア・ハスはそのシャドウを色濃く引いた眼を剥《む》いた。「考えたこともないね。ま、いずれにせよ、ずっと先のことだろうさ」

「それも困りますな、お嬢」

ギトンがため息交じりに言った。「亡くなられた先代も、そんなことでは浮かばれませんや。お嬢には一刻も早く身を固めていただいて、大勢の御子を……。それでこそ、ハス家の行く末も安泰《あんたい》ということですよ」

「興味ないね」

と、けんもほろろにハスは一蹴《いっしゅう》。「今は、操艦ってものが面白くてね」

確かに、駆逐艦乗りとしては脂がのってきている。

「ですが……ハス艦長。女の盛りは、短いんですぜ。艦長の母上も、艦長の歳には、もう幼い艦長を抱いていましたからね」

「女としては、幸薄い人だったねえ……」

呟くように、遠い目をするシア・ハス。「あたしがほんの小さい頃に、質《たち》の悪い風土病でコロッと逝《い》っちまって……」

「まあ、目の醒《さ》めるほどお綺麗な人でやした……。お嬢もだんだんと、母御に似ていらっしゃいました」

「やめな」

ぴしゃりと遮る、ハス。「遠回しに褒めても、歯が浮くよ！　それに、結婚するったって、相手はどうする？」

「僭越《せんえつ》ながら、ドムさまなら……まことお似合いかと」

「馬鹿言いな！」

ハスは問題にもしない。「ドムさまは尊敬できる上官であって、そういう対象じゃないよ。ただ……」

「ただ？」

「ただ、御一緒すると、やたらテンション上がるけどね」

「だったら……」

「ともかく、その気はないからね」

「そこを枉《ま》げて……」

「くどい！　ないと言ったら、ない!!」

『二人とも……』

咳払いの声が、スピーカーから聞こえ、ふたりを瞬間凍結させた。『そういう話は、艦隊内通信を切ってからするように』

声の主はバルサローム。どうやら一部始終、随伴《ずいはん》している『ドローメ』に筒抜けだったようだ。

「丸聞こえでしたか？」

恐縮至極の面持ちで、ギトン。

『ああ』

と、バルサロームの声。『ドム提督にもな。艦隊内通信とはいえ、出力が大きかったから、ラアルゴン本星の艦隊司令部にも聞かれた可能性はある』

「…………」

『ま、なにはともあれだ』

張りのある声、ル・バラバ・ドムだった。『やっと、提督の名に相応しい随伴艦ができたことは、素直に喜ばしい。まだほんの、「一艦提督」ではあるがな』

シア・ハスの表情が、変わった。

『駆逐艦「ガルギュラン」艦長、シア・ハス』

「はっ!!」

大胆な衣裳のまま、さっと敬礼するハス。

『この「ドローメ」の高速機動に、付いてこられるかな?』

「付いていくどころか」

大胆不敵な女豹の表情で、シア・ハス。「立派に露払《つゆはら》いを、務めてご覧に入れましょう。敬愛する、ドムさまの名に懸けて!」

『よく言った、ハス』

ドムの声が、輝いている。言葉のひとつひとつに、キラキラとした光の粒子が纏わり付いているかのようだ。『私の、立派な「伴侶《はんりょ》」だな』

「ドムさま……」

乙女のように、シア・ハスは俯いた。

これほど胸がいっぱいになったことは、かつてない。

◆＊＊＊

「閣下、憂慮《ゆうりょ》すべき事態が出来《しゅったい》致しました」

長官執務室で、ススム・フジ参謀総長は直立不動のまま、眉間の皺《しわ》を深くした。幾分は演技だが、由々《ゆゆ》しき事態であることは間違いない。その証拠に、慌てて付けた参謀肩章が乱れている。「かねてより我が軍の後方を攪乱《かくらん》していた『新型戦艦X』による損害が、さらに拡大致しました。前月比の、実に三倍です」

「いかに新型の高速戦艦とはいえ、たった一隻にかね」

白髯《はくぜん》に白眉《はくび》。白い手袋がトレードマークの最高司令長官アドリアン・アンダーソン元帥は、いつものように淡々としていた。なにものにも動ぜぬ明鏡止水の境地といったところだが、そうでない凡夫にとっては、見ていて歯がゆいことも確かだ。自らの凡庸を誰よりもわかっているフジ中将にとって、その泰然自若《たいぜんじじゃく》ぶりは時に忌々《いまいま》しいものであった。

「はい。特に、『高速駆逐艦Z』を随伴するようになってからというもの、被害は飛躍《ひやく》的《てき》に拡大致しました。戦艦Xをようやく捕捉《ほそく》したかと思えば、待ち伏せしていた駆逐艦Zによる予想だにしなかった方向からの魚雷攻撃。さりとて駆逐艦Zを深追いすれば、戦艦Xの主砲の餌食《えじき》……といった体たらくでして」

「敵ながら、まこと天晴《あっぱれ》な連携《れんけい》だな」

アンダーソン長官の白い眉は、ピクリとも動かない。「手本にしたいくらいだ」

「そう申されましては、躍起《やっき》になっている当方の、立つ瀬がございません。なんとしても、撃沈せぬことには前線で奮闘《ふんとう》している将兵の、士気《しき》が保てません」

「それはそうだろうが……」

アンダーソン元帥の、茫洋《ぼうよう》としているように見えて鋭い眼光が、フジ中将の虚飾《きょしょく》の心を射る。「いかに端倪《たんげい》すべからざる敵とはいえ、たった一隻の戦艦に心を乱されるようなことではいかん。我々はもっと悠然と、構えているべきではないのか？」

「…………」

「対策は、講じてあるのか？」

「はい」

狼狽しつつも、頷く。「『戦艦X』に対抗すべく、さらなる高機動力と、戦艦にも匹敵《ひってき》する火力を持つ、次期主力巡洋艦FXCAを、鋭意建造中であります。竣工《しゅんこう》の暁には、ラアルゴンの鉄壁の防御線にも楔《くさび》を打ち込めるかと」

「FXCAか……」

アンダーソン長官の、豊かな白髯に覆われた唇が微かに動いた「一番艦の名称は、たしか……『阿蘇《あそ》』だったな」

「はい」

「しかし、FXCAの就役は最低でも、半年は先のことだろう」

「…………はい」

「それまでどうやって、拡大してしまった戦線を維持《いじ》するのかね？　既に、補給線は伸びきってしまっており、そこをラアルゴンに突かれておる状況だろう」

「ですが……」

「それを見逃してくれるほど、ロナワー提督は無能ではないと思うが」

「しかし、戦力ではなお、我が方が……」

「兵たちは度重《たびかさ》なる敗戦に、消沈しておる」

「それは……」

「FXCAがいかに画期的でも、各戦線に行き渡る頃には戦艦Xも量産され、後発のメリットも期待できない。むしろ戦線を収縮し、防衛圏を縮小して、防《まも》りを固めるべきではないのかね？」

「閣下、お言葉ですが、それはなりません」

フジ参謀総長にとって、それだけは譲れない。「防衛圏は、死守すべきです。ラインの後退はそれこそ、ただでさえ低下ぎみの士気を崩壊に向かわせます！」

「…………そうだろうか？」

「なりません、閣下！」

フジも必死だ。景気のいい拡大戦略をぶち上げ、ここまでのしあがってきた彼にとって、縮小策は自らの非を認めるにも等しい。「ここは、断固として兵力増大ですぞ。大々的に新兵を募集し、艦艇を増産し、これまで以上に数でラアルゴンを圧倒すべきです！」

「君が、そこまで言うのならな……」

アンダーソン元帥も、それ以上は言わない。「しかし、急募の新兵に、過酷《かこく》な前線の現実が耐えられるだろうか？　昨日まで街で遊んでいた若い者に、朝《あした》の紅顔夕べには白骨の、修羅場の最前線が……」

「耐えてもらうよりほか、ありませんな」

鉄面皮な表情でフジは言った。「若者よ、書を捨てよ、銃を担《にな》え、です。一大キャンペーンを張ってでも、戦力増大、逐次《ちくじ》投入あるのみ、であります！」

言うそばから自分の言葉に、フジは酔っていた。

◆＊◆

「ふうん……」

雨晒しになった、街角の募集広告を見上げながら、その若者は覇気《はき》と抑揚のない口調で呟いた。「『宇宙軍は、君を待っている』かぁ……」

若者は軽装で、かなりの雨量なのに傘も差していない。雨滴を湛えたその睫《まつげ》は女性と見紛《みまご》うばかりに長かったが、瞳には輝きが乏しい。

「焼け石に水って、こういうことを言うのかなあ……」

さして興味もなさそうに呟く。新兵急募のキャンペーン・ガールに起用されているのは、今をときめくグラビアアイドルであったが、その笑顔も、どこかうそ寒く感じられた。扇情的《せんじょうてき》な表情でこちらを指差すポーズはもちろん、迷彩柄の水着も、下心が見えみえであざとい。本来なら立体動画で動くのだろうが、この雨でショートしたのか、ポーズも中途半端に固定されたままであった。きっともう、貼られてから何週間も経ち、その間誰にも、おそらくは貼った業者にも、顧《かえり》みられることはなかったのだろう。

それくらい、若者に限らず世間の、軍に対する関心は薄い。戦争も、何処《どこ》か遠い世界の出来事であった。

「お～い、何見てるんだ？」

若者の相方が、せっつくように傘を差し掛ける。そして、ポスターに目をやると、さもありなんと頷いた。「は～ん、なるほどね」

「なにが、なるほどなんだ？」

若者が所在なげに、日に焼けた相方を見る。「カヤマはこういうの、趣味なのか？」

「やっぱり、ノリコ・バッハは可愛《かわい》いなあ……」

カヤマと呼ばれた相棒は目を細める。「学園祭にも来たろ。覚えてないのか？」

「そういうの、疎《うと》くてさ……」

ぐしょ濡《ぬ》れの若者が、興味もなさそうに呟けば、

「おまえは、万事に疎い」

カヤマは一蹴した。「いったい、おまえは何に興味を示すんだ？」

「さあ……」

他人事のように、若者。「まあ、今はおまえについていくさ」

「しっかりしてくれよ。次のレースは、もう来週なんだ。節制して、体くらい、拵《こしら》えておいてくれ。また途中棄権とかになったら、さすがにスポンサーも愛想《あいそ》を尽かすからな」

「わかったよ」

若者は生返事。まったく生彩を欠く表情ではあったが、貌立ちそのものは悪くはなかった。「頑張《がんば》って、上位に食い込もう」

「頼むよ」

立ち去り際に、カヤマは今一度、募集ポスターを見上げた。「いつの日か、お相手願いたいもんだ」

「じゃ、軍に入れよ」

「冗談冗談……」

歩きながら、頭を掻くカヤマ。「なにがあろうと、軍だけは行くところじゃないって。あそこは、ほとんど刑務所だぞ」

「ふうん……」

傘を差し掛けられながら、背中を丸めて歩く若者。「でも、少なくとも選択肢《せんたくし》のひとつではあるわけだ。借金取りも、そこまでは追い掛けてこないだろうし……」

軍の存在そのものは、その脳裏に、おぼろげながら刻み込まれたようだ。

◆▼

しつらえられた豪華な専用宇宙船。非武装ながら戦艦ばりの高速を発揮し、いざ攻撃された場合にも、そこそこの耐久性を示す。船首には燦然《さんぜん》と輝く皇家の紋章。皇帝のお召し艦に相応しい偉容《いよう》であった。

「臣下どもの猛々しいはたらきにより、各戦線はすこぶる良好に保たれております。惑星連合宇宙軍は、ただただ補給線を維持するだけに汲々《きゅうきゅう》としておる有様」

ワングの状況説明は、確かに欺瞞《ぎまん》でもなければ粉飾《ふんしょく》でもない。実際その言葉通り、優位に展開していた。「陛下はなにものにもお気を煩《わずら》わされることなく、ナッスの御用邸で、ごゆるりと御静養のみをお心掛けくだされ」

見た目恭しく、平身低頭した。「お后《きさき》さまも、皇太子バスタップさまも、ソミュア殿下も、どうか宮廷の瑣事《さじ》はお忘れになり、羽根を伸ばしていただきたく……」

「ワングよ」

昼行灯《ひるあんどん》の皇帝ゴザ十五世は、タラップを昇る足を止めて訝るようにワングを見た。「そなたの心遣い、誠に痛み入るぞ。しかし、何故《なにゆえ》にアザリンただ一人を、この本星に残して行かねばならぬ？」

「そこは……」

声を潜め、含み嗤いでワング。「誰かひとりは、皇帝の血を引く者が、宮廷に残っておらねば下々は納得致しませぬ。皇帝が、この非常時に長期間、一家揃《そろ》って避暑惑星に疎《そ》開《かい》とは、よもや戦局の悪化かと勘繰《かんぐ》られるは、陛下としても忸怩《じくじ》たることでございましょう。なに、アザリンさまを残されるは、万が一の保険でござるよ。幸いにしてあのお方は、末端の兵士どもには不思議と人気がございますれば、いざという時の陛下の名《みょう》代《だい》には、まことうってつけかと……」

「なるほど……」

頷く皇帝。凡庸な彼には、ワングの真意は汲《く》めなかった。もとより彼に行動の自由はなきに皆《ひと》しく、この転地静養も事実上は、保養惑星への『幽閉《ゆうへい》』であったと見る歴史家もいるほど。

「実に行き届いた深謀遠慮《しんぼうえんりょ》よな。それに我が后は、血を分けた実の子でありながら、あれをひどく疎んじておる。『わらわが腹を痛めた子とは、別人でございまする』となく……。アザリンがおるだけで、何故か知らぬが朕《ちん》ら親子はぎくしゃくしてしまうのじゃ。

気の毒なれど、家内円満に寛《くつろ》ぐためにも、あの娘は置いていくしかあるまい。ワング」

「はい」

「そなたに任せておけば、万事そつなく片付くな」

「…………御意」

期せずして皇帝は、深いことを言った。自身、気付いてはいないだろうが……。「諸事万端、お任せを」

深々と最敬礼する、ワング。それこそは、慇懃《いんぎん》無礼《ぶれい》の極致とも言うべきものであった。

「ごゆるりとお骨休めを、陛下……」

へつらいつつも、心で舌を出してタラップを見上げる。

やがてお召し艦は反重力エンジンを稼働《かどう》させ、離着床をゆっくりと離れていった。

「ごゆるりと、永《なが》の旅路を」

お召し艦が、なにもない宙域で突如機関の爆発事故を起こし、皇帝と后、二人の皇子が消息を絶ったのは、それから銀河標準時にして三日後のことであった。原因は、今日《こんにち》に至るも不明。諸説紛々囁かれるが、すべて推測の域を出るものではなかった。帝国艦隊の実に半数を動員した十全の、そして懸命の捜索にも拘《かかわ》らず、遺体はおろか船体の破片のひとつとして発見されることはなかったと、ライクン朝の皇国志には記されている。

皇統断絶の危機に、唯一生き残った血縁者が擁立《ようりつ》された。

ワンポイント・リリーフではない、ひさびさの女帝。

後の世に、ライクン朝稀代の名君と謳《うた》われた、皇帝ゴザ十六世その人であった。

◆▼＊

◆▼＊＊

「陛下をお護《まも》りできなんだは、返すがえすも我が一生の不覚よ！」

ロナワー提督は咽《むせ》ぶように、その心情を吐露した。それだけで、自分は提督から信頼されているとル・バラバ・ドムは誇らしくもあったが、さすがに素直には歓《よろこ》べない。

「本来なら、責任を取って自害すべきところじゃ。いや、心からそうしたい。しかし、それはできぬ。わかるか!?」

「はい、閣下」

畏まるドム。「閣下のいなくなった帝国では、まさにワングのしたい放題でございましょうからな」

「そうなのじゃ。しかし……」

ロナワーには、密かに一縷の望みもあるのである。

「あの生臭坊主にも、誤算はあった。我らにとって微かな希望は、ゴザ十六世陛下が即位されたことじゃ。ワングめ、年端もゆかぬ皇女ゆえ、傀儡《かいらい》として馭《ぎょ》し易《やす》しと思うて擁立したのであろうが、どっこい、そうはいかぬのじゃ」

「と、申されますと？」

ドムがその、面差しを向ける。

「隠し玉じゃ」

と、ロナワー。「アザリンさまこそ、我らの期待の星なのじゃ。ワシが密かに、あらん限りの戦略を、おりにつけ叩き込んである」

「それは……」

「それを、ようもまああの御年でご吸収なされた。まさしく、海綿《かいめん》の水を吸い込むが如しじゃ。逸材じゃよ」

「それはまた……」

「それにあのお方には、不思議なカリスマもある。あのたおやかなお貌だちからは想像もつかぬほどの、靭《つよ》さ……。必ずや、我らが戴くに価するだけの、皇帝におなりあそばす。それまでは、我らが全身全霊で補佐せねば。ドムよ、そなたも力を貸してくれ」

「御意！」

ドムに異存の、あろうはずもない。「御意！　御意ッ!!」

紅潮した頬で、跪いたまま叫ぶ。

「このル・バラバ・ドム、その剣と力量の及ぶ限りにおいて」

今は一介の八艦提督、それも、実質二艦を率いるのみの指揮官であったとしても。その野望は、天をも衝《つ》く。

「それはそうとして、閣下」

「なんじゃ？」

「『メルバ』が、いよいよ竣工するそうですな」

「それよ」

ロナワーにとって、それもまた数少ない、言祝《ことほ》ぐべき状況ではあった。「ワングもたまには、よいことをする。反対派を力でねじ伏せての突貫工事。奴の本心は、おそらくは自らの威光を遍《あまね》く示す為の道具に過ぎまいが、それはそれ、新しき陛下には、まことうってつけのお輿《こし》となろう」

「戦艦七千隻分の資材ですからな」

七百分の一の模型でも、小さな部屋には収まらない。五百基の巨大ジェネレーターによって稼働されるその主砲の射程は、理論的には無限大。フルパワーで発射された場合、その威力に至っては、試射してみないことには想像もつかないという。

「噂では主砲は、『アザリン砲』と命名されるそうじゃ」

「それはまた……」

ワングらしいあざとい、しかしながら妙に当意即妙なネーミングではある。ドムは微笑を禁じ得なかった。「発射の瞬間には、是非とも立ち会いたいものですな」

「ワングも、そう思っておるらしい」

ロナワーの声は、皮肉に満ちていた。「巨大な花火を、一刻も早く、敵に向けて放ってみたくてしょうがないのじゃ。まあその気持ち、わからぬでもない」

そこだけは子供のように無邪気な宰相は、危険すぎる玩具《がんぐ》を手に入れたのだ。名刀を手に入れれば辻斬《つじぎ》りをしてみたくなるのは、人の世の常。

「おそらくは最初の試射は、実戦でということになろうな」

『メルバ』の主砲はあまりに威力が法外すぎて、どんな場所で発射しても周囲の環境に差し障りがある。加えて極力秘匿《ひとく》したとしても、その大閃光《だいせんこう》は試射の際、たちまち敵に感知され、超兵器としての存在を暴露《ばくろ》することは避けられない。その為に消費される膨《ぼう》大《だい》なエネルギーも浪費に過ぎる。ならばいっそのこと、敵艦隊をおびき寄せ、一箇所に集めておいて、巻藁《まきわら》代わりにしてしまおうというのが、おおかたの見解であった。

「ドムよ。近いうちに、両軍入り乱れての大きな戦いがあるぞ。覚悟せいよ」

「御意」

漲る覚悟で、ドムはロナワーの前に畏まった。「陛下並びに閣下の露払いとして、最善のお膳立《ぜんだ》てを、整えて御覧に入れまする」

◆▼＊＊＊

即位から数週を経ても、新皇帝は人前に姿を見せない。戴冠式《たいかんしき》も、ごく内輪のみで極《ごく》秘裏《ひり》に行われたようだ。

そんな噂ばかりが、廷臣たちと軍高官たちの間をひとり歩きしていた。

「出陣式は行われないのでしょうか？　陛下の謁見《えっけん》と激励なしには、死地に赴《おもむ》く将兵たちの士気が上がりませぬなあ」

歴戦のバルサロームにとっても、やはり皇帝の檄《げき》は大きいようだ。「まして、歴代皇帝の中では、即位年齢は下から数えて二番目で、しかも十三歳の少女帝とあっては、これを臣下どもへの発奮材料に使わぬのは、いかにも勿体ない。いったいワングめは、何を考えているのでしょう？　いや、何を企んでいることやら……」

「そう言うな、バルサローム」

人気《ひとけ》のない回廊を、マントを靡《なび》かせつつ颯爽と歩きながら、ル・バラバ・ドムは振り向いた。「陛下には、人前にお出になれないそれなりの理由がおありなのだ。考えてもみろ。あのお若さで、お身内をいっぺんに亡くされたのだぞ。少なくとも喪《も》が明けぬうちは、表舞台にお出になることはあるまいよ」

ドムは我と我が身に置き換えて、考えてみる。「俺が母上に死に別れたのは、十二のとき、父上に死なれたのは、十七の砌だったが、いずれも、それなりに辛《つら》かった。まして陛下は、二親《ふたおや》ばかりか兄君たちをも、いちどきに喪われたのだぞ。そのご心痛たるや、察するに余りあるわ」

「ドムさまはお優しい」

バルサロームは立ち止まり、ため息をついた。「しかし噂では、新陛下は先帝やお后からは、疎遠にされていたと……」

「噂はあくまで噂。それにな、仮に愛されていなかったとして、愛されなかった親に、ついに愛されぬまま逝かれるというのも、それはそれで辛いものであろう」

「それは……深い洞察ですな」

バルサロームは、ドムの意外な一面にやや驚いた。そして、いささか恥じ入った様子で言った。「いやいや、私は軽率でした。もはや、陛下に纏わるくだらぬ詮索《せんさく》は致しませぬわい」

「ああ。井戸端会議はワングと、その取り巻きどもに任せておくがよい」

「それにしてもドムさま……」

と、バルサロームは先程からの懸案を口にした。「この回廊は、人を惑わす為に造られておると言っても、過言ではないですな」

「……………まったくだ」

さっきから、もう小一時間も彷徨《さまよ》い続けている。ロナワー提督から、ちょっとした用を仰《おお》せ遣《つか》っているのだが、馴れぬ宮廷、まして同じような景色ばかりなので、回廊の迷宮ぶりに惑わされる。

「あの柱……先程も見たような」

「地図は、ないのだろうか？」

「ございますまい」

バルサロームの憶測《おくそく》によれば、侵入者を惑わす為に、わざわざ複雑に造ってあるとのこと。地図や案内板など、その目的を思えば意味がない。問題は、ここを記憶だけで迷わずに歩ける者が、いるのかどうか……。

「この先かな？　バルサローム。バル？」

どうやらドムは、そのバルサロームとも、はぐれてしまったようだ。「こんなところで独りか。参ったな」

回廊の柱の影が、長くなってきている。間もなく、ラアルゴン本星の赤く老いた太陽アラハスが沈む。

「ここで夜を明かすは、辺境惑星の荒野よりも心細いぞ」

冷たい大理石の床の上では、まどろめそうにもない。それに、食事はともかく、小用はどうすればよいのか。仮にもここは宮廷内部、何処で粗相《そそう》致しても、不敬罪との謗りは免れまい。それよりも、植え込みの中で無様で無防備な姿を晒すことに、ドムの矜持《きょうじ》は耐えられまい。

末座なれども提督の地位にある者が、まるきりの迷子である。下手に歩いて、事態をさらに悪くするよりはと、ドムは柱のひとつに凭《もた》れかかり、バルサロームが自分を見付けてくれるのを待つという手を選んだ。別にバルサロームでなくとも、この場所に詳しい者ならば構わない。さすがにワングと鉢合わせすることだけは、御免被《ごめんこうむ》りたいが……。

いや、考えようによっては、それこそはまたとない好機か？

よくよく見れば、柱のひとつひとつに、歴代の廷臣たちの姿が刻まれている。我が祖、ベロバ・ドムの彫像も、探せばいずくかにあるやも知れぬ。とてもそんな気力もなければ、よるべもないが……。

どれほどの時間が、過ぎたであろうか？　いつしかドムは、一本の柱の下に蹲り、まどろんでいた。

「こんなところで、夜明かしか？」

ふと気付けば、頭上より声がする。「夜警《やけい》にしては、職務怠慢だな」

「………これは士道不覚悟」

眠い目を擦《こす》り、慌てて立ち上がる。

「とんだ粗相をば！　粗相のついでに、お尋ね申し上げる。いずこか、この回廊の出口を御存知あらすまいか。御存知あらば、案内《あない》願いたき所存。面目次第《めんぼくしだい》もござらぬが……」

「ここは、迷い易いからのう」

暗闇《くらやみ》の中でその声は、立ち上がったドムの胸の辺りから聞こえた。「幼き頃は、よく迷子になったものよ。その度に、ロナワーが見付けてくれてな」

「なんと⁉」

これを奇遇と言わずして、なんと言う。「ロナワー閣下に縁《ゆかり》の御仁とは！　まさに地獄で仏……」

「こらこら」

いきなり、窘めるように叱咤された。声の主は若い。天井のアーチに谺《こだま》する反響で、その声色までは判然としないが、ごくごく若い。「仮にも帝国のもののふが、敵の諺《ことわざ》などを口にするとはな」

「これは恐縮千万……」

ドムは狼狽した。高圧感こそないが、不思議に、その声の主に威圧されたのである。

それほど、その声は闇の中でも凜《りん》としていた。「ひらに御容赦あれ。我が敬愛する上官の、それも近しき御方に出逢えた嬉しさに、つい」

大提督たるロナワーを呼び捨てにするからには、相手はよほどの高官に違いない。いずれ、名のある貴族の公達《きんだち》に相違あるまい。その推察はあながち的外れでもなかったようだ。闇の中で、微かな気配ながら相手が失笑するのがわかった。その笑いには品があり、嘲られた感じはしない。やはり、相手は名だたる貴顕《きけん》。

しかしながら迂闊《うかつ》にもドムは、その候補から最も肝心な一名を自ら除外してしまっていた。真夜中の回廊という極端な状況と、その人物とが、頭の中でどうしても結び付かなかったせいだ。先入観とかいうレベルですらない。深夜の徘徊《はいかい》という奇矯《ききょう》な振舞いと、やんごとない存在とが等号で結ばれるはずもなかった。

「この腕輪を目印に、尾《つ》いて参れ」

と、白くぼんやりと輝く腕輪を掲げつつ、その声の主は言った。その腕《かいな》までは見えないが、腕輪の径からするとそう太くもない。口調こそ柔らかではあったが、それ以外の選択肢を赦さない居丈高《いたけだか》な物言いでもあった。「案内して遣わす。知る者とて少ない抜け道じゃ。一夜明ければ覚えておろうはずもあるまいが、くれぐれも他言は無用ぞ」

「…………御意」

ドムに、異存のあろうはずがない。

「ロナワーの腹心ということであれば、あたら無下にもできまい」

「腹心と申すほどでは……」

恐縮するドム。だがしかし、そう言われて素直に嬉しかった。

「そなた……」

と、声の主が唐突に訊《たず》ねてきた。「ル・バラバ・ドムじゃな。この頃、その名をよう耳にする。華々しき称讃を、ほしいままにしておるようじゃな」

「…………!?」

「はん。図星か」

微笑む気配。ドムは、思わず問い質したくなったが、辛うじてその衝動を抑えた。

「どうしてわかったかと？　たかだか八艦提督の自分が？」

「…………御意」

「ロナワーがな、汝《なんじ》の名を口にせぬ日がないのじゃ。まこと、股肱とも頼む存在であるようじゃな」

「ロナワー閣下が、そこまで自分ごときを……」

これには、心底じんときた。

暗がりに、次第に目が馴れてきた。蛍の光と同じ原理で輝く有機発光の腕輪を嵌《は》めた右腕を掲げつつ、先導するその人物の背丈は低い。しかし足取りは軽やかで、大理石の床にひたひたと小気味よい足音を響かせる。おそらくは、貴族が好んで履《は》く革製のサンダルであろう。そして、頭から黒い、頭巾のようなフードをすっぽりと被っていた。深夜のそぞろ歩きには恰好の出立《いでた》ちだ。それにしても、少々不用心で物騒《ぶっそう》ではあるまいか？

「いつものように、歩かれておいでなのですか？」

「そうじゃ」

「共も連れずに？」

「そうじゃ」

涼しい声であった。それのどこが悪いかと、その口調が暗に語っている。「眠れぬ夜は、これに限る」

「恐ろしくは……ないのですか？」

「少しも。この辺りの道には、通じておる。遊び場のようなものじゃ」

道理で、その歩みには、迷いというものがない。「寂しさを、紛らわしておる。暗闇や静けさは、馴れてしまえば心の友じゃ」

「…………なるほど」

頷くドム。「よく、わかりました」

不意に、何の前触れもなく、仄《ほの》かな照明のある明るい広間に出た。ドムにも、ここからの帰路はわかる。

「どうじゃ」

フードを外し、振り向く少女。「通り抜けてしまえば、どうということもないであろうが。どうして迷っておったのか、不思議なほどにな。万事、そうしたものよ」

「御意ッ!!」

その場に畏まる、ドム。「いかにも、陛下の仰せの通りにございまする！」

「気付いておったか……」

と、ゴザ十六世。「いかにも、朕は……。いや、そちの見たのは、幻である。そういうことにしておいてくれると、助かる。深夜の気晴らしを、知られとうはない者もおるのでな」

「御意の儘《まま》に……」

「では、幽霊は消えるぞ。いずれまた相見《あいまみ》える日もあろう。それまで、壮健でな」

「ははッ」

ドムは暗闇の回廊に消える皇帝の後ろ姿を、そのひたひたという足音を、いつまでも跪いたまま、見送っていた。

MINE
YOSHIZAKI
2008

◆＊◆

「なにか、よいことがあったのでしょう」

いつものようにドックを、滑らかに進み出る『ドローメ』のブリッジで、バルサロームは囁いた。「横顔が、輝いておいでですよ」

「わかるか？」

と、ドム。

「長い付き合いですから……。で、どのような？」

「言わせるな。『秘すれば花』だ」

「地球の諺の蔓延《まんえん》は、嘆かわしいことですな……」

肩を竦《すく》める、バルサローム。

「まったくだ」

と、自ら言っておいてドムは苦笑する。「陛下もさぞや……いや、なんでもない」

はぐらかすかのようにドムは、ブリッジから見える舷窓《げんそう》の光景に話題を振った。

「あれが『ドローメ』の量産型か？」

帰港する度に、真新しい塗装《とそう》の同型艦が増えてゆく。それらは宇宙港のとびきりよい場所を占拠しつつ、その勢力を着実に拡大してはいるのだが、それでいて抜錨《ばつびょう》する気配はいっこうにないのである。

「どうやら方針として、ここぞという局面で、いちどきに大量投入される気配ですな」

それはそれで間違いではないが、これだけの高性能艦を寝かせておくのはいかにも勿体ない。聞けば最前線では、ドムの活躍に触発されてか、「一刻も早く我々にも新型を」との声しきりとか。それを聞く度に、ドムは申し訳ない気持ちと優越感とが相半ばする。

「量産型は、出力二割減で、艤装《ぎそう》もだいぶ、簡略化されているとか……」

大気圏突入能力も割愛《かつあい》されている。しかしそれでも、惑星連合宇宙軍の標準型戦艦に対する圧倒的優位は変わらない。

「『ドローメ』級の量産と、『メルバ』の竣工とで、我が帝国の国庫も相当に圧迫されております。冷房税に水道税、はては遊興税、新たなる税乱立の嵐《あらし》に、民どものワングへの怨嗟《えんさ》の声は、それは凄《すさ》まじいもので……」

「ワングへの、怨嗟の声なのだな」

ドムは呟く。「陛下への怨嗟でないのなら、それでよい」

「ドムさま、いつからそこまで新陛下の信奉者に？」

バルサロームが訝る。「少なくとも、三日前までは殊更に……」

「ロナワー閣下が心酔しておられる陛下だ」

咳払いするドム。「俺が、奉《たてまつ》るは当然」

「どれほど他人から口を酸っぱくして勧められようとも、自らお確かめでないものを絶賛するようなドムさまでもなかったはず……。この『ドローメ』が、そのよい例でござるよ」

さすがにこの副官は、鋭い。「さては私と回廊ではぐれた後、何かございましたな」

「…………」

切れる懐刀《ふところがたな》も、時に痛し痒しだ。

『ドローメ』には、相変わらず随伴艦は『ガルギュラン』一隻である。故にこの二隻は正式の艦隊ではなく、『特派分遣艦隊』という実に意味深長な呼称で呼ばれる。やや先回りをすれば、ドムが八艦提督でいる間、ついに定数通りの艦隊を率いることはなかった。のみならず彼は、この半年後には七十九名もの上位者を牛蒡《ごぼう》抜きして、いきなり五百十二艦提督という、破格の大抜擢を遂げることになるのだった。心から敬愛する上官の、非業《ひごう》の死という高価な代償付きではあったが……。

とまれ、

「八艦艦隊と申せば、あのドーラ・ラガンも、八艦提督に昇進したそうですぞ」

バルサロームはその目配りと、猜疑的《さいぎてき》とも言うべき警戒心においてもぬかりない。「私が人事局の担当であったなら、絶対に赦しはしなかったでしょうな。どういう形であれ、一度でも寝返った人間などを……」

「貴様もかつて、この俺に寝返ったことを、忘れたとは言わせぬ。さまでにラガンが嫌いなのか？」

「嫌いです」

と、歯に衣《きぬ》着せない。「仮初《かりそめ》にもドムさまを狙《ねら》った漢ですぞ」

「そうだが……憎めぬ」

「つまるところそれがドムさまの、最大の欠点です」

上司に対しても、厳しいところは厳しい。だからこそドムも、全幅に信頼を置く。

「御自身に似たタイプには、点が甘いです」

「かも知れぬ……。しかし、私がもっとも評価するのは、私と正反対の人間だ。と言っても、ワングは論外だぞ。あれは正反対なのではなく、単なる外道だ」

「ははは……」

破顔一笑する、バルサローム。「それは同感です」

『提督閣下』

そのとき、『ガルギュラン』のギトンから通信が入った。『ハス艦長が、艦載艇《かんさいてい》でそちらに向かいましたぞ。その……止めたのですが』

「どうしたギトン」

ギトンの表情が、いつになく困惑気味だ。「シア・ハスになにか、困ったことでもあったか？」

『艦長はドム閣下と、折り入って二人きりで、御相談したきことがあるようです。それもどうやら、軍務以外の要件で……』

「すわ」

バルサロームが、茶化した。「求婚ですな」

「有り得ぬ……」

と、ドム。「いかようにも、有り得ぬ。我が心の妻は……いや、なんでもない」

◆◆

「これを、お確かめください」

軽快な独り乗りの艦載艇を、自らの鮮やかな操縦で『ドローメ』に乗り付けたシア・ハスは、いつにも増して肌の露出した衣裳で、しかも入念に『娘のように』化粧までして、ドムの前に現れた。そして、ドムですら滅多に使わない（単純に、そういったことを好むような性分ではないという意味で）艦長個室で、ドムと一対一で向かい合った。

改めて見ると、なるほど確かになかなかの女ではある。未来の亭主は、さぞや気を揉《も》まされることになろう。そもそも釣り合う男など、銀河に何人いるか。

「ほう……」

隠しカメラもマイクもないことを、何度も念押しされたうえで、シア・ハスがドムに見せたそれは、そういうものにまったく造詣《ぞうけい》のない彼をも、驚嘆させるに価する逸品であった。「見事なカットだな」

数カラットはある緋色のダイヤを、さらに琥珀《こはく》に閉じ込めたペンダント・トップ。そして装飾を施したプラチナのチェーンにも、無数のジェム……。値段は、中古の戦艦が一隻買えるほどではないか。

『バルサロームの当て推量も、あながち……』

ドムでさえ一瞬、そう思った。自分でも嗤ってしまう。しかし、それくらいシア・ハスの表情は真剣だったのだ。

「お気を悪くされるといけないので、予《あらかじ》め謝っておきますが」

妖艶な、そして困惑した表情で、ハスは言った。憂《うれ》いがその艶《あで》やかさを、いっそう際立たせているようだった。「ドムさまに差し上げる……というわけではございませんよ。自分が貰ったのです」

「貰った？」

ドムは目を剝く。「このような高価な物を……。いったい誰にだ？」

「……………ドーラ・ラガンです」

長い逡巡《しゅんじゅん》めいた沈黙の後で、意を決したかのようにハスは言った。「のみならず、求婚されました」

「そのようなものを、何ゆえ俺に見せる」

ドムは軽い目眩《めまい》を覚えた。「求婚など、究極の私事《わたくしごと》ではないか。俺は貴様の直属の上官だが、そこまで束縛する権限はないぞ」

「ですから、こうして相談しているのです」

ハスも、迷いに迷ったのであろう。「私の結論から申し上げます。私は、受けるつもりは毛頭ございませぬ」

「……………そうか」

何故、安堵してしまうのか。

「しかし、あまりに高価な品なので」

ハスの声が震えている。このペンダントそのものには、少なからず心を動かされた様子がありありと看て取れる。彼女もやはり、女であった。

「なるほど、わかったぞ」

と、ドム。「これを、俺の手から、ラガンに返して欲しいと申すのだな」

「まったく御迷惑な、虫のよい話ではございますが………」

シア・ハスの困惑は、ドムにも手に取るようにわかる。ラガンは階級では、ドムと並ぶ上官なのである。直截に断れば、支障があり過ぎる。

「わかった」

ドムは、そのペンダントを納めたケース（それだけでも、新品の戦闘機ぐらいは買えるであろう）を懐に収めた。「これは、俺が預かっておく」

「まったく、とんだお手数を……」

「そう萎縮するな。確かにこれは厄介《やっかい》だ。なに、ここまで頼ってくれる部下の為だ、これくらいの労は厭《いと》わぬ」

「恭悦至極《きょうえつ》……」

ハスは跪き、ドムの手の甲に接吻《せっぷん》した。そして接吻してから、慌てて後ずさった。「お赦しを！　しかし、ラガンに嫁《とつ》ぐくらいなら……」

「案ずるな」

ドムとても、まんざらその気がなくもない。しかし、仮にそうなるとしても、今はまだ、片付けねばならぬことが多過ぎた。「にしても、ラガンがそなたに懸想《けそう》しておったとはな……。毛ほども気付かなんだ」

一目惚れ、というやつだろう。しかしながら、二人がそれほど一緒にいられる機会があったとも思えない。

「その迫り方からして、かなり、執念深い漢のようです……」

シア・ハスの分析は、かなり精度が高いように思われた。「そして、動くときには大胆で、かつ採算をも度外視《どがいし》するタイプかと……」

「うむ。そうであろう」

懐に呑《の》んだペンダントの重みが、そう頷かせる。

「ドムさま」

シア・ハスは囁くように告げた。「お気を付けください。あの漢はまだ……諦めてはおらぬ様子。言葉の端々に、それが察せられて、この私ともあろう者が、ときに、些か恐ろしゅう、後込《しりご》みするほどで……」

「わかっておる」

ドムは、大仰に頷いた。「それは貴様にではなく、この俺に対して虎視眈々《こしたんたん》、という意味でだな」

◆◆＊

すべてが視界に、収まりきらない。

漆黒の宇宙空間に浮かぶ『メルバ』を間近に見た者は、すべてはその偉容に驚くと同時に、そもそもこれを建造しようとした先人の構想に、想いを馳《は》せずにはいられない。背景の星雲をも浸蝕するその姿は、ある種の巨大な蟲《むし》を想起させる。イモムシに無数の突起を生やしたような形態で、その突起のひとつひとつが、従来のどんな宇宙戦艦よりも大きい。その主たる成分は大小七つの小惑星に由来する岩塊《がんかい》であり、それらを数百年かけて膨大な量の金属とセラミックとで接《つ》いであり、最後の百年で表面を滑らかに整形した上、仕上げに一切のビーム兵器を無効化する特殊コーティングまで施してあった。

まさに、宇宙時代の、動く万里の長城であった。

『メルバ』の内部には、常時、六十四艦艦隊一個が駐留《ちゅうりゅう》しており、最大収容時にはおよその倍の戦艦を格納できる。前線補給基地としてはもちろん、一種の保養施設としての機能をも有していた。また、戦艦や空母をその『艦載機』とする、巨大な母艦という見方も可能であった。

故に、その呼称も『巨大移動要塞』『超超巨大戦艦』『装甲式自航惑星』と、識者によって一定しない。いずれにせよ空前絶後にして唯一無二の存在であるから、『メルバ』は『メルバ』でよいとする見解もある。

「まあ寛げ」

ナク・ラ・ワングはそう言って、目の前に立つ若き指揮官を労《ねぎら》った。「どうじゃ？　ワシの授けた作戦は。効果覿面《てきめん》であったろう？」

「はい、猊下」

勧められた席に座ろうともせず、ドーラ・ラガンは頷いた。「ペンダントの代に関しては、幾重にも礼を申し上げます」

「ワシの知り合いに、手頃な錺《かざり》職人がいてよかった」

と、ワングは満足げに頷いた。「もとは祭礼に用いる祭器専門の細工職人じゃが、ああいう仕事をさせると、抜群でな。よかったよかった……」

二人が向き合っているのは、公式設計図にも記載されていない『メルバ』の隠し部屋。それでも、相当な広さがある。ワングの名誉の為に申し添えておけば、この部屋を密かに拵えたのはワングではない。歴代皇帝の一人、一説ではゴザ九世あたりが、密談用に誂《あつら》えたのだという。それをワングは、どういう次第か偶然に『発掘』(『メルバ』は、その長い建造中断期には、兵器と言うよりはほとんど史跡としての扱いを受けていた)し、これ幸いと好みの調度と設備を付加したものである。

「シア・ハスもあの精緻《せいち》な細工には、一瞬魂《たましい》を奪《うば》われておった様子……」

ラガンの回顧《かいこ》は、そこだけが妙に生々しい。「手に取って、しばしうっとりと……。正直申しまして私は、このまま求婚を受け入れられてしまっては、どうしたものかと思いました。幸いにして、返事は保留でしたが……」

「色良い返事なら、それはそれでよいではないか」

と、ワングは苦笑した。広い隠し部屋は、人払いされて二人きり。やや天井が低いことを除けば、宮廷の、謁見《えつけん》の間ほどの広さがある。「そのまま、妻にしてしまうがよかろう。それにいちいち目くじらを立てるほど、ワシは狭量な人間ではないぞ」

ふふんと、鼻を鳴らすワング。ベールを外したその貌は、眼光鋭くはあるが、どことなく貧相だ。たとえばル・バラバ・ドムのような横溢《おういつ》過ぎる精気が感じられない。ましてやオーラなど、望むべくもない。

「しかし、十中八九、その女は敬愛する上司を通じて、突き返してくるであろうな」

「私も……彼女の素振りからしてそう思いました」

苦々しく、また一種悲痛な表情で、ラガンは頷く。「つまりは、ドムを通じて、突き返してくると……。すべて猊下の、見通されたとおりに」

「そこよ！」

口角《こうかく》泡を飛ばして、ワングは叫んだ。「その用向きならば、人目は憚るはず。おそらくドムは、二人きりの機会を設けて、ペンダントを返却しようとするはずじゃ。邪魔な側近や護衛も、その一瞬だけは遠ざけられよう。その機を逃さず、ドムを刺せ」

ワングの目が、くわっと見開かれた。「これ以上、頭角を顕《あらわ》す前にな」

「猊下にとってのドムは、それほどまでの脅威《きょうい》なのでございましょうか？」

「さまでに……というわけではない。しかしな、ワシにとっての目の上の瘤《こぶ》であるロナワーが、奴には目を掛けて、頼みにしておる。それがどうにも、目障りなのよ。よって、これ以上増長する前に、摘《つ》む」

「…………」

「このうつけめが。選りにもよって、その標的であるドムに、感化されよって……」

ワングは、そこまで見抜いていた。「しかし、この下知は受けろよ。受けるしかないのじゃ、ラガン」

「是非もなきこと……」

と、ラガン。「孤児同然であった私を、拾ってくだされた、その恩に報《むく》いまする」

「まあ、人物なのであろうな、ドムは。だからこそ、殺《あや》めるだけの価値もあるのじゃ。ドムさえ始末してしまえば、もはやロナワーの下に、これという人物はおらぬ。我がにっくきロナワーめは、まさに手足をもがれたも同然……」

ワングの冷笑は、ラガンの心をも凍り付かせた。「あのペンダントにせよ、この剣にせよ、それを思えば安い出費じゃ」

ワングは、筥《はこ》に収められたそれを、テーブル越しにラガンの眼の前へと差し出した。

「開けてみるがよい」

「これはまた見事な……」

柄《つか》と峯《みね》とに、精緻な手彫りの装飾を施した短刀である。刃は、黒光りするセラミック・ブレード。刃渡りはおよそ、三メリクル五分（約二十三センチ）。その黒い刃に沿って、細い筋が走っている。ラガンにとっては、あのペンダントよりも心の琴線に触れる。

「これもまた、召し抱えの刀工に拵えさせた。用いるがよいぞ」

この短刀ならば、万にひとつの為損じもあるまいと思わせるだけのものがある。ラガンはそれを、手に取った。バランスが絶妙だ。非常の場合には投げても、的を外すことは少なかろう。

「ほう。柄が……」

押せば柄が外れて、そこにカプセルを仕込むようになっていた。

「念の為じゃ。そこにこれを……」

ワングが別封したカプセルを、直接手渡す。「ガルネラ産のサンポソウから抽出した猛毒のアルカロイドじゃ」

サンポソウ（三歩草）とは、その棘《とげ》に刺されると、三歩も進まぬうちに斃《たお》れると言われることから、この名がある。

「ドムごときの為に、とんだ散財じゃ。それでもまあ、『メルバ』が我が掌《たなごころ》にあると思えば……」

ラガンはいかに恩人とはいえ、ワングのその物言いに、少なからざる反発と嫌悪感を抱かずにはおれなかった。

『ワングさま』

低い天井の、スピーカーが鳴ったのはそのときである。

「なんじゃ？」

些かムッとした表情で、ワングがスピーカーを睨む。「こちらから戻るまで、火急《かきゅう》の用向き以外は声掛けするなと申し措いたはず」

『その火急時です』

スピーカーの声は『メルバ』の艦長とも言うべき統合司令官のものであった。階級としては五百十二艦提督が、その任に就《つ》く。その下に、各職掌ごとに八名の副官が配されている。『惑星連合宇宙軍の、大規模艦隊が現れました』

「ほ、まんまと餌《えさ》に釣られよったな」

快哉《かいさい》を叫ぶワング。そしてラガンに向き直った。「察するに惑星連合艦隊の指揮官は、シア・ハスよりも愚かじゃわい」

表情だけだが、一瞬不快感を露《あら》わにする、ラガン。

「猊下、私も艦隊を率いて……」

「まあ待つがよい」

ワングは、鷹揚に言った。「そなたの率いる八隻くらい、いなくともどうということはない。それよりもこの『メルバ』の闘いぶりを、司令室ででもゆっくり見ていけ。特等席じゃぞ」

「では……」

内心忸怩たる想いで、ラガンは頷く。「お言葉に、甘えまする」

勝敗は、それこそ鎧袖一触《がいしゅういっしょく》、瞬時にして分かたれた。

『メルバ』のその主砲が、充塡率六十％にも満たない『試射』ながら、惑星連合宇宙軍の主力艦隊を粉微塵に、完膚《かんぷ》なきまでに打ち砕いた。

まさに、横綱相撲。

辛うじて生き残った残存兵力が、ほうほうの体《てい》で潰走《かいそう》に移る。ロナワーであれば、鷹揚に見逃したであろうが、ワングはそうではなかった。

「この機を逃すな！」

まさに『追い討ちを掛ける』ように、声高に命令した。「徹底的に討ち果たすのじゃ。二度と、二度と、長距離遠征に出かけようなどと、ゆめ思わぬようにな！」

そして、自らが皇帝ででもあるかのように、傍《かたわ》らにいるラガンを見上げた。「ラガン、そなたも行け！　最後の一隻まで容赦は無用ぞ」

「御意」

畏まるラガン。あながち嫌々ながらに急《せ》かされて、という風情でもない。

「我が好敵手めは、既に追撃戦に加わった様子。奴に後《おく》れは、取りませぬ。断じて……」

◆◆＊＊

「もう、やめよう」

追撃を続ける『ドローメ』のブリッジで、ドムがふと呟いた。その声には常のような覇気がなく、またあまりに低かったので、傍らにいたバルサロームでさえ、頭の中でもう一度再生して、ようやく意味を摑んだほどであった。

「何をおっしゃいます！」

戦場経験豊富なバルサロームにして、これほどの好機は滅多にない。「またとない、殲滅《せんめつ》の機会ですぞ」

「…………自分の欠点が、またひとつわかった。こういう一方的な闘いは、性分ではないのだ」

それは、端で見ていてもわかった。いや、端で見ているからこそ、上官のやる気のなさが伝わってくる。ドムは、向かって来る敵には容赦なく、また滅法《めっぽう》強いが、潰走する敵を執拗《しつよう》に追撃する執念には致命的に欠ける。ある意味、惻隠《そくいん》の情があるとも言える。

しかし、バルサロームの厳しい評価では、それは地球の言葉で言うところの『宋襄《そうじょう》の仁』であって、戦場では、あってはならぬ感情なのだった。

『まあ、完璧《かんぺき》な将など、そうそういるものではないしな』

と、バルサロームは自分を慰めた。『敵の弱みに付け込むしか取り柄のない将なら、それこそ掃《は》いて棄《す》てるほどいるし……』

ドムがいつになく弱気になっている理由は、もうひとつある。それに関してはバルサロームは、憤激《ふんげき》している。

「それにしてもワングめ」

背後を振り向き、忌々しげに呟くバルサロームであった。「『ドローメ』が、メルバの火線上にいることを承知のうえで、あの光の矢を放ちおったな……」

まさに確信犯。『ドローメ』も、随伴する『ガルギュラン』も、既《すんで》のところで回避したが、両者の高機動性があって、初めて為せる業《わざ》であった。と言うか、普通は惑星連合艦隊もろとも消滅していて不思議ではない。まさに、捨て石にされかけたのだ。

しかし、それにしてもなお、あの『メルバ』の放った、直径数キロにも及ぶビームの恐怖は、思い出すだに冷や汗が止まらない。モニターすら正視できず、減光フィルターがかかるのが一瞬遅れたため、しばらく視力に支障を来《きた》した兵も出たくらいである。辛うじて生き残った敵の中には、失明した者も多かったのではないか。モニターそのものが機能を喪失した艦も少なくないだろう。それを裏付けるかのように、逃げ散っていく敵艦の中には、動きのおかしいものが散見される。

発射の寸前、『メルバ』の巨体は、ふたつに割れたようにも見えた。そして、その割れた口のような裂け目から、ビームの白い奔流《ほんりゅう》を吐き出したのだ。それはすべてを熔《と》かし、焼き尽くした。まともに喰らった惑星連合宇宙軍は、当分の間、再建不能だろう。

「最終兵器とは、ああいうものを言うのだな……」

亡霊のようにブリッジで佇《たたず》んでいるドムが、ボソッと呟いた。「してみると、遥か以前に『メルバ』を建造しようと思い立った者は、先程の、あの鎔鉱炉のような焦熱地獄を夢見ていたということなのだな。たったいま、そいつは無間地獄《むけんじごく》に墜《お》ちたぞ」

それほどまでに、業《ごう》が深い。

しかし、それだけ『メルバ』の投入効果は絶大でもあった。

それからの数ヵ月間、かさにかかったラアルゴン艦隊は勝ち続けた。圧倒的な物量で、惑星連合宇宙軍を圧倒し、各戦線で殲滅し、駆逐し、追撃し続けた。

あまりの戦果に、『深追い』という言葉さえ、忘れられかけた時期であった。

ドムにしてからが、この頃の記憶は圧縮されており、前後関係もあやふやで、ディティールは曖昧《あいまい》である。何度となく出撃と凱旋《がいせん》を繰り返したはずなのに、帰航した記憶がほとんどないのである。ただ、局面ごとの記憶は華々しかった。『ドローメ』で戦艦を何隻か葬《ほうむ》ったという記憶はある。巡洋艦以下はあまりに頻繁《ひんぱん》で、いちいち覚えてもいない。

よくわからないが、とにかく進撃する味方に付いていけばよかった。尻馬に乗って勝ち続けていたなあ……という感じである。

だが……、

その連戦連勝が終わりを告げた日の記憶だけは、まことに鮮明であった。

その日も、始まりはいつもの如く始まった。何の変哲《へんてつ》もない勝利の日々の中の取るに足らない一日が、しかしいつものようには暮れなかったというだけの話である。今にして思えば、その日からのち、ドムには満足すべき勝利の日など、ただの一日たりとて訪れることはなかった。

「おや？」

その異変に最初に気付いたのは、バルサロームであった。あまりに些細《ささい》で、小さな異変であったので、しばらくは異変と気付かなかったほどだ。

「あの駆逐艦は、逃げる方向を間違えているのでしょうか？」

「どれだ？」

ドムが、乗ってきた。集中度、ゼロ。それほどまでに、追撃に加わる意欲が薄弱であった。まあ、尻馬に乗った亡者なら、周りにいくらでもいた。そうでないのは、ドムくらいなものであった。シア・ハスの『ガルギュラン』すら先程から、『貴官ニソノ気無クバ、単艦デノ追撃ヲ許可サレタシ』との要請《ようせい》を、繰り返し打電してきている。だが、バルサロームはその執拗な要請を、ドムに成り代わり、許可せず、無視し続けていた。ハスの気性を考えれば、やきもきするくらいでは済まないであろう。そうさせてやりたいのはやまやまなれど、何故かバルサロームは、この先の局面で、『ガルギュラン』が必要になるような予感を、漠然とながら抱えていた。なんの確証もないが、『ドローメ』の側にいてくれないと困る。その予感は、果たして的中するのだが……。

「あの、中央にいる駆逐艦です」

バルサロームがモニターを指差す。

「遅いな……」

ドムの第一印象は、それだけだった。

遅いもなにも、出せる限りの速力で一目散に逃げる惑星連合宇宙軍残党の中にあって、その駆逐艦だけが微速前進なのである。しかも、こちらに向かって。そうでなければ、この修羅場の中、眼にも止まらなかったであろう。

それにしても、旧《ふる》い。見るからに旧式、それもくたくたに使い込まれた老朽艦《ろうきゅうかん》である。あんなポンコツを前線に投入せねばならぬほど、惑星連合宇宙軍は追い込まれているのだろうか。本来ならば練習艦か後方の雑役艦として、払い下げられているべき艦である。

「気の毒に……」

バルサロームは、その駆逐艦の艦長の立場に、我と我が身を置き換えてみた。「あの艦は、味方が逃げる為の時間稼ぎに、捨て石にされたのでしょうな」

「そうだな」

漫然《まんぜん》と、頷くドム。「俺なら、見逃してやるがな。痛々しくて、討つにはあまりに忍びない……」

だが、ラアルゴン艦隊のほとんどは、当然ながらそこまで優しくはなかった。ここを先途《せんど》と、その老朽艦一隻に、おとな気なく殺到する。それは、せめて手柄を立てようと、価値もない雑兵の首に群がる騎馬武者を見ているようで、見苦しく、またいたたまれない気持ちにさせ、バルサロームを、なによりもドムを苛《いら》つかせた。

「敵の思うツボだな」

と、ドム。「その間に、残りの敵はまんまと逃げおおせるぞ。それにしてもあの艦長、勇敢などという言葉では、とても足りん漢だ」

ドムは奇妙なシンパシーを感じているらしい。

「それは買い被りでは？」

バルサロームは懐疑的《かいぎてき》だった。「単なる馬鹿か、さもなくば乗せられたお調子者なのかも知れません」

「だろうな」

それにもまた、頷くドム。「だが俺には、とてもあんな真似《まね》はできん」

「ドムさまなら、時間稼ぎにしても、もっと巧《たく》みに……」

そのとき、モニターの中では無数の閃光が迸《ほとばし》った。味方がその駆逐艦に向けて、一斉にフェーザー砲と光子魚雷を放ったのだ。統制のとれた砲撃ではなかったが、そのエネルギー総量は、先程の『メルバ』の主砲の十分の一の威力はあった。

「あれでは粒子も残らんぞ」

ドムが憤懣《ふんまん》やる方なく、そう呟いたとしても、あながち誇張《こちょう》ではなかった。

ところが、
ビームの奔流が収まってみれば、少しも変わらぬ姿でぽつねんと、先程と同じ位置に浮かんでいる駆逐艦の姿があった。まさに『漂って』いるという表現がぴったりで、何か魔法でも使ったかのようである。

「あ、あれだけ撃って、一発も当たらなかったとでも言うのか!?」

ドムが驚嘆したとしても、むべなるかな。「確率的に言って、あり得ない……。なんという悪運、いや、強運だ!?」

「あ、あやかりたいと申せましょうな……」

バルサロームにしてからが、開いた口が塞がらない。戦場で過酷な体験を積めば積むほど、その有り得なさが身に染みる。

「拡大しろ！」

ドムが命じた。「最大倍率！」

新型ドローメの超望遠カメラをもってして、ようやく艦の側面に書かれた、白い文字が見える程度。

「なんと書かれている？」

地球文字が、解読され、ラアルゴン語に翻訳される。

「『そ・よ・か・ぜ』……。『そよかぜ』。そよぐ、風……」

「ありえん。戦闘艦にあるまじき名だ」

たとえば、『ドローメ』は、雄々しさを意味する抽象名詞であり、また『ガルギュラン』であれば、かつてラアルゴン本星に棲息《せいそく》していた、いまは絶滅した猛禽《もうきん》の名である。

また『メルバ』とは、ラアルゴン最初の伝説的王朝の、その半分神であるところの君主の名である。

「地球の命名法によれば、駆逐艦には天文・気象に関する名を付けることになっておるようですが……」

「それにしても、『そよかぜ』はないだろう」

その『そよかぜ』を、二度目の暴風が襲った。先程の一斉砲火をさらに上回る集中攻撃だ。味方も、躍起になっている。

「ああ、今度こそ……」

バルサロームは正視できない。『そよかぜ』を見舞う、あまりに過酷な運命。完璧に、相手の艦長と勇敢なクルーたちに心がシンクロしてしまったのだ。「冥福《めいふく》を、祈りましょう……」

「いいや」

と、ドム。「存外、生きていたりしてな」

「…………まさか」

よもやの事態は、目の前に出来した。

『そよかぜ』は、浮いていた。さすがにまったくの無傷とまではいかないが、あちこちに無数の焼け焦げを拵えた程度で、地球の古い旧い言葉で言えば『ドリフのコントのような』ボロボロの状態で、それでも浮いていた。それすら奇跡、いや、奇跡以上だ。

「俺はあの連中を、好きになりそうだ」

ドムの言葉が、すべてを雄弁に物語る。

その時、モニターが、また光った。

ビーム兵器では効果薄しと思った味方が、今度は一斉に、誘導ミサイルを発射したのだ。たった一隻の駆逐艦に見舞うには、どう見ても過剰《かじょう》な量だった。優に艦隊規模で殲滅できるほどの……。ただ、一瞬で到達するビームと違い、ミサイルは命中までにいかにも時間が掛かる。その間隙《かんげき》に、『そよかぜ』が動いた。しかし、回避という動きではなかった。よたよたと、まったく傍目《はため》にもぶざまな機動ではあったが、それでも真っ直ぐにこちらを目指して来る。

その緩慢《かんまん》な『そよかぜ』を、無数のミサイルは律義に追った。しかし、与えられた任務に律義であったのは、途中までだった。

「非常にまずい……」

バルサロームが呟いた。ドムも、うすうす気付いてはいた。ただ、それが明確な言葉になったのは、いよいよ差し迫ってからであった。つまり、手遅れになってから……。

老朽駆逐艦よりも、さらに美味な大量の獲物《えもの》をミサイルのセンサーは感知したのだ。なお悪いことに、この時期のラアルゴンの誘導兵器には、完璧な自律型センサーは搭載されていたが、のちの同タイプに比較してふたつのものを欠いていた。即ち、敵味方識別回路と、遠隔《えんかく》自爆装置と……。

しかし、結局は味方の過剰な殺到が、墓穴を掘った格好になった。

たった一隻に群がり、密集隊形であったラアルゴン艦隊には、主《あるじ》に牙を剝いたミサイルを回避するスペースがなかったのだ。すれば、必ずどれかの艦に接触した。

最初の爆発が何処で起こったのかさえ、定かではなかった。同時多発的に、かつ連鎖的に、爆発は次の爆発を産み、花火倉庫の火事のように拡がり、モニタースクリーンを埋め尽くし、輝度の限界まで酷使させた。

「ほう、密集陣形が仇になりましたな」

まるで他人事のように、バルサローム。「ありゃりゃりゃりゃ。意外に大きいですぞ」

火薬庫に、マッチを投げ入れたようなものだった。

誘爆が、誘爆を産む。

『ガルギュラン』を出さないでおいたのは、正解であった。

ラアルゴン艦隊は、八方破れの『そよかぜ』に、名を為さしめるどころでは済まない深刻な様相を呈《てい》し始めた。

火達磨《ひだるま》になった空母が、味方の空母に衝突し、両者ともに、搭載した夥しい戦闘機と共に散華《さんげ》。

それを避けようとした周辺の艦が、玉突き衝突のように連鎖爆発。

もはや、収集のつかない状態。『そよかぜ』が、その混乱の中でどこにいるのかさえ、判然とはしなくなった。と言うか、もはや『そよかぜ』の安否など、気遣っている余裕など、鮨詰《すしづ》め追撃状態だったラアルゴン艦隊のどこにもなかった。

「あの戦艦は、火器管制装置をやられたな」

ドムが、通常表示に戻したモニターの一角を指差す。

「どうやら、ノズルの制馭装置《せいぎょ》もです」

と、バルサローム。「『そよかぜ』、やってくれました……」

主砲を、あらゆる方向に撃ち放しながら、狂ったように迷走する戦艦。その周囲にいた巡洋艦や駆逐艦が逃げ惑い、かえって被害を拡大する。

「あちらでも……」

推進装置を破壊された、大型のモニター（砲撃に特化した、一種の移動砲台）が、ふらつきながらその主砲の矛先《ほこさき》を変える。その艦首の輝きから見て、大破してなお、その強力な荷電粒子砲は、過充塡状態にある。

「あれは……『ババラン』級の、遠距離モニターではないか⁉」

「まずい！」

バルサロームは、ドムを飛び越して操舵手に命令。「急速離脱！『ガルギュラン』、我に続け‼」

直後に、『ババラン』級モニターの遠距離主砲が暴発した。その姿勢制馭装置が大破していたモニターは、スピンしながらあらゆる方向に、その光の刃を振り回した。要するに、バーゲン会場でライトセイバーを振り回すような状態になった。

無数の火球の連鎖の中から、『ドローメ』と『ガルギュラン』は、後も見ずに逃げ出すのがやっとであった。

◆◆＊＊＊

「なんたる失態！　歴史に残るべき我が戦歴に、汚点を付けおって……」

『メルバ』の司令室では、ワングが憤然と、その怒りのとばっちりを周囲にぶちまけていた。それまで、一方的な勝利を納めつつあったワングだが、追撃戦の最後の最後に、考えられない大損害を出し、結果としては『痛み分け』になってしまった。

「それにしても、あの駆逐艦はいったい何だったのか？」

あの老朽駆逐艦こそが、悪夢の象徴のように思われた。当分は、寝ても醒めても脳裏を去ることはあるまい。「あの駆逐艦に関するすべてを探れ！　ラアルゴンの諜報《ちょうほう》能力を総動員せよ!!」

ワングは、もとより視野狭窄《きょうさく》気味の漢である。それが今では、もはや『そよかぜ』一隻のことしか考えられない状態になっていた。幼い皇帝を傀儡にすることも、政敵ロナワーへの牽制《けんせい》も、小癪《こしゃく》なドムのことも、その他諸々の一切合切、彼の偏狭《へんきょう》な脳内では、もうどうでもよくなってしまった。

「あの駆逐艦の艦長のことを、徹底的に洗え。追い詰めて、葬ってしまえ！　その為に、労と資金を惜しむではないぞ!!」

それによって、一時的にではあるが、最も得をした人物は誰かと問われれば、まず間違いなくロナワーであったろう。それこそ嘘《うそ》のように、自分への警戒網が緩《ゆる》んだのだ。

「ワングは悪辣《あくらつ》ではあるが、ある意味わかり易い漢のようだな」

愛すべき、とまではいかないが、どこか滑稽《こっけい》でもある。

「これを機に、ラアルゴン艦隊を梃入《てこい》れしたい。手伝ってくれるか？」

いまや誰憚ることなく、その腹心を見上げるロナワー。

「その御言葉を、待っておりました」

恭しく、かしずくドム。

「陛下も、そなたには期待しておる」

「我が、身命《しんめい》に代えましても……」

思いも掛けぬ形ではあったが、それまで詰まっていた太いパイプが、一気に吹き抜けたのである。

『「そよかぜ」、様さまだな』

ドムは、そう思わざるを得なかった。そのせいか、あれほどの大損害を味方にもたらした相手なのに、不思議と憎む気持ちが、湧いてこないのである。むしろ、少なからぬシンパシーと、筆舌に尽くし難い好奇心を抱かせる。『そよかぜ』に夢中というその一点に限って言えば、ドムは到底、ワングを嗤えない。

日を置かずして、いくつかの貴重な情報がもたらされた。

『そよかぜ』の艦長の名は、ジャスティ・ウエキ・タイラー。

その名をドムは、生涯深く、胸に刻み込んだ。

「階級は？」

「現在、中佐です」

と、報告書を読み上げるのは、シア・ハスである。「駆逐艦『そよかぜ』で、味方を壊滅状態に追い込んだときは、少佐……。ですが、その日の午前中までは、中尉だったそうです」

「そうか……」

深く頷くドム。その程度の階級では、まるきりのノーマークだった訳だ。「どうせ逃げる為の捨て石が、一転して、全銀河の耳目《じもく》を集める存在になったということです。その他のことはほとんど判明してはおりませぬが、恐るべき強運の持ち主とだけは、言えるでしょう」

「一概《いちがい》に幸運とも、言えぬと思うがな」

ドムは不敵な表情で言った。「あのワングを、そしてどうやらこの俺をも、本気にしてしまったのだからな。これからの奴の日々は、災厄《さいやく》に満ちたものとなろう」

「……………密かに同情致します」

報告書を畳みながら、シア・ハス。読み上げながら、ドムの眼の色がどんどん変わっていくのがわかった。

「タイラーか……」

ドムは拳を、突き上げた。「なにやら我が生涯の、好敵手になる予感すらする」

「そのドムさまの、お力になりたいと存じます」

いつになく殊勝な、シア・ハスである。

「頼む」

ドムにとっても、心強いことこの上ない。

「だがその前に、野暮用《やぼよう》を済ませねばな」

「野暮用？」

「それ、件の、ネックレスの件よ」

「あ……」

頼んでおいてシア・ハスは、そのことをすっかり失念していた。それくらいタイラーの出現は、彼女にとっても衝撃的であったのだ。連続ワープして修羅場を脱したまではよいが、あれ以来『ガルギュラン』は機関の調子がおかしく、長期のドック入りを強いられている。その間、彼女は諜報活動に集中するほかなかった。操艦と並んで、その方面でもなかなかに、彼女は優秀である。なにしろ、着飾っていれば違和感なく、高官たちのパーティにも潜り込める。さすがに口を開けば、馬脚を現すが……。

「お願いいたします」

深々と頭を下げる、ハス。「私事にて、恐縮」

「なに」

報告書を受け取りつつ、ドム。「今回のそなたのはたらき、見返り以上のものであったわ。引き続き、タイラーの身辺を調べてくれ」

「御意」

シア・ハスは、畏まった。心なしか逢う度に、衣裳がきわどくなっていく。

◆◆＊▼

ル・バラバ・ドムはゆっくりと、約束の場所に姿を現した。それは、約束の相手と初めて出逢った場所である。二人きりで逢うなら、ここが相応しかろうということに、両者の間ですんなりと話は纏まった。なにやら互いに、心中密かに、この場所を望んでいたようにも思われる。そういう意味では、やはり二人は似た者同士ということになるのだろう。その場に立った瞬間、そのことに思い至り、ドムは期せずして苦笑してしまった。

あの、決闘用ドームである。

ただ、あの時はもちろん、この場に足を踏み入れるときはいつも、酔漢でごった返している決闘場が、今は殺風景なまでにがらんとしており、こんなに広かったのかとの感慨《かんがい》を抱かずにはおれない。この場所を狭いと思いこそすれ、広いと感じたのは初めてだ。

「本当に来るとはな」

天幕の向こうから、声がした。「なんという、度胸だ。いや、蛮勇《ばんゆう》か？　いずれにせよ、信じ難い馬鹿者だな」

「それは、お互い様であろう」

ドムは静かに返した。相手の言葉はともかく、その口調に嘲るようなところは皆無で、むしろ感嘆の意を汲み取ったからだ。「もう一度、二人だけで逢いたかったのだ。貴様もそうだろう？」

「ああ」

ゆっくりと、ゆるい上衣に身を包んだドーラ・ラガンが現れた。軍服ではない。生成《きな》りの、荒い植物繊維で織られた厚い布をラフに仕立てた、ローブにも似た民族衣裳である。頭には、同じ素材のターバンを巻いている。どうやら、それが彼の部族の盛装であるらしい。

「キーンの出身だったのか、貴様……」

キーンは、砂漠ばかりの酷暑の惑星である。規模の割に、生産力も人口も少ない。

「いかにも」

と、ラガン。「キーンから提督が出たのは初めてのことでな。オアシスを上げての、壮行会を受けてきたところだ」

道理で、通信機の声が遠かった。傍受されないよう、思い切り変調を掛けていたせいもあるが……。

「貴様とて、何百年ぶりかの郷里の星だろう。つまり、互いの惑星の名誉を懸けた決闘という訳だ」

「やはり、そうなってしまうのか……」

と、ドムは懐から、あのペンダントの入ったケースを出し、それを傍らの床に置いた。あの、おがくずに珊瑚を混ぜたものを敷き詰めた、決闘用の床だ。「俺は、これを返しに来ただけなのだが……」

「そんなもの、口実だということは……」

「ああ」

頷くドム。「わかっていたとも。この場所と、聞かされた時からな」

「ならば、話は早い」

ラガンは、部族衣裳をかなぐり捨てた。その下からは、ぴっちりとした、タイツのようなウエアに包まれた、鋼の肉体が現れる。その体付きからして、両者はよく似ていた。

「シア・ハスも気の毒に……」

ドムはいささか渋面になった。「決闘の、当て馬とはな。聞けば傷付くことだろう」

「いやいや。半分は本気だった。我が妻にしたかったというのは、本当のところだ。そうでなくては、説得力もなかろうというもの……。彼女を前にして、震えていたのは本当だった。まともに眼も見られなかったくらいでな」

「それを聞いて、いささか安堵した」

ドムも微笑む。「彼女には、そう伝えておこう」

「おやおや」

苦笑するラガン。「すっかり、勝つつもりでいる」

「当然だ。決闘に関しては、負け知らず」

でなければ、この場にも立っていない。「八十三連勝、だったかな？」

「俺は、九十七連勝……意外だろう？」

互いに、更新中。こんな名勝負が非公開なのかと、ラアルゴン中の決闘マニアから文句も出ようというもの。勿体ない話だ。

「どちらが勝っても、本物の武勇と強運の持ち主ということだ」

「なるほど」

ドムは静かに微笑み、納得して頷いた。そして、自らもマントを脱ぎ捨てた。「我らの勝者こそ、タイラーに挑戦するに、相応しいということだな」

これは、タイラーへの挑戦者決定戦、地区予選の決勝戦という意味合いもあった。おそろしく、レベルの高い『地区予選』ではあるが……。

「タイラーに勝って、名を上げるのは俺だ。悪いが貴様には、草葉の陰から応援してもらうしかない」

「武器は？」

「これを……」

ふた振りの短刀を、ラガンは準備していた。そのうちの一本は、あのワングより譲られた精緻な細工のある短刀だ。

「よかろう」

大仰に頷く、ドム。「いかにも、毒が仕込んでございといったところだな」

ラガンは応えず、ただ、冷笑を浮かべるのみ。

「武器を選ばせてやったのだ。方法は俺に選ばせろ」

「よかろう。だが、普通に斬り結ぶだけでは駄目《だめ》なのか？」

「それでは、面白くない」

ドムは、一本のロープを取り出した。地球の尺で、一メートルそこそこ。「これで、互いの左手首をきつく結ぶのだ」

「なるほど……」

　結び目の代《しろ》を引けば、ロープの長さは六十センチにも満たない。右手の短刀から身を躱《かわ》すのに、それなりの技倆を要する。常に短刀の攻撃レンジから離れられないということであり、闘い方にも工夫が要る。それ以上に度胸が要った。「面白い！　それでいこうではないか」

　二人は近付き、ドームの中央でまず握手し、それから正座に近いポーズを取ってから、互いに一礼した。

　それから互いの左手首と左手首とを、たっぷりと時間を掛けてきつく結び合った。さらに引っ張り合って、少々のことでは解けないことを、何度も確認する。

「どちらかが死ぬ以外に、負ける条件はふたつだ」

　ドムは、間近にラガンの眼を見ながら告げた。相手の眼を見据《みす》えたまま、互いにゆっくりと立ち上がる。その右手には、既に鞘《さや》から抜いた短刀が握られている。「ひとつは、自分からロープを解いた場合。もうひとつは、短刀でロープを切断した場合……」

「承知した」

　頷くラガン。この間合いでは、毒を塗《ぬ》ったメリットはほとんどない。と言うか、相討《あいう》ちの可能性が異様に高い。ドムめ、考えたなとラガンは思った。

「いくぞ」

「おう！」

会頭、いきなりラガンは渾身の力で、ロープを手繰るように引き寄せた。狙いはひとつ、ドムの心臓だ。恐るべき彼の膂力で引き寄せられると、ほとんど抗えるものではない。

「もらった！」

短刀を突き出す。だが、ドムは寸前、短刀の棟《むね》で凌《しの》いだ。僅かな部位で、ブロックしたのである。

「なに……」

唖然《あぜん》とする、ラガン。よもやこの攻撃を躱されようとは……。

「読めたわ」

と、にやり北叟笑《ほくそえ》むドム。「貴様の眼を見ていれば、考えていることは大概《たいがい》わかる。それに、俺はこのルールで闘うのは、初めてではないのでな」

「ほう、では……」

ラガンはいきなり、足を掛けた。「これではどうだ!?」

さすがにこれは想定外。たまらずドムは倒れる。だがロープでひと繋がりになっている以上、当然の結果として二人は、縺《もつ》れるようにして転がった。上になり下になり。ドムは極力、相手の体に自分の体を密着させるようにした。こうなると、短刀を満足に振るうスペースもない。

「やるな……」

「貴様も」

上になったラガンが、短刀を振り下ろす。ドムは寸前まで堪えて、僅かに頭を動かした。短刀は耳を掠め、深々と珊瑚砂に突き刺さる。僅かにひと房、赤髪が乱れ飛んだ。

弾丸が見えるという広言は、まんざら大袈裟でもなかった。

「本物だな、貴様」

「最初から、そう言っている」

「嬉しいぞ」

「俺もだ」

嬉々として、殺し合う。憎いからではない。むしろ逆だ。

二人は、互いに目配せして、暗黙のうちに立ち上がった。互いに砂を払うことまで赦す。そこからはまた、命のやり取りだ。

「タイラーは……出て来るのだろうか？」

やや上がった息で、ラガンが尋ねる。

「心配するな」

と、こちらも乱れた呼吸でドム。激しい動き以上に、極度の集中力を強いられるから、疲労と消耗《しょうもう》も尋常ではない。「奴は、必ず出て来る。どのみち、後方で安穏《あんのん》としてはいられないのだ」

「と言うと？」

「ワングを筆頭に、多くの提督の画策《かくさく》で、奴の周りには刺客が殺到してな……。いかに英雄でも、地上には居辛くなったのだ。多くの巻き添えを避けたくば、宇宙に上がるしかない」

「それはまた、難儀《なんぎ》なことだな」

呼吸を整えつつ、ラガン。髪が千々に乱れ、汗で額に貼り付く。左頬が、けっこう深く切れていた。さらにその右目はほとんど潰れ、周囲は黒く壊死《えし》状態になっていた。縺れ合って離れる刹那、ドムが手練《てだれ》の、柄頭による一撃を、素早く加えたのだった。「敵ながら、同情せずにはおれん」

「暗殺合戦に関しては、俺も一口乗っている。奴には申し訳ないが……」

ドムもまた、喋《しゃべ》りながら動悸《どうき》を鎮める。視線はその間も、相手の右手に集中している。いや、右手だけではなく、ラガンの全身と、なによりもその前触れが雄弁に現れる、残された左眼に……。「主に動いているのは、シア・ハスだよ。俺は彼女を通じ、バラゴムという刺客をタイラーに向け放つことにした。機械人形を使う、変わったテロリストでな。筋金入りの変態だが……使える！」

「そうか……」

　頷くラガン。「そんな奴に狙われては、タイラーの命も風前の灯《ともしび》だな」

　ふっと、嗤う。

「貴様の命もな！」

　叫ぶなりラガンは、ロープを、自らの左手首で素早く巻き取るようにして強引に間合いを詰めた。ドムは舌を巻く。何故ならその巻き取り戦法は、ドムが得意とするところであったから。さすがは名だたる決闘巧者、このデスゲームのルールを、あっという間に会得してしまった。

「名もなき刺客などに、くれてはやらぬ！」

　短刀を、短いストロークで突き出す。「タイラーは、俺が討つ！」

　もし、天幕の陰から飛び出した人影が、二人の間に身を挺《てい》し、割って入らなければ、短刀は確実にドムの腹部を抉《えぐ》っていたろう。ドムもまた、確実な報復の一撃を、ラガンの体の何処かには、送り込んではいたろうが……。

「ぐッ!!」

　深い、乱れた呼吸に混じり、押し殺した悲鳴が、二人の耳のすぐ近くで聞こえた。

「なに!?」

ドムの左手の甲に、ぬるっとした温かい感触が走り、同時に掌《てのひら》には、柔らかいふるんとした手触りがあった。

「ハス！」

「よかった……」

力なく、ふっと微笑むシア・ハス。「間一髪……。すみません、これも地球の言い方でしたね……」

「ハス！」

「ドムさま……御無事で……なにより」

「ハス！」

ドムは崩れるハスの体を、その左腕で支えた。「なんという無謀な……。しっかりしろ!!」

茫然とするラガン。思わずロープを、血を吸ったばかりの短刀で切断するのが精一杯であった。

「俺の盾になれなどと、誰が命じたか!?」

「ふふ……」

うっすらと眼を開ける、ハス。「命ぜられなければ盾になれぬは……二流の部下。そうでしょう？　はあッ！　つう……」

その表情がすぐに、苦痛に歪《ゆが》む。その手が力なく、床に落ちた。「ごめん、…………やっぱ、苦しい」

「当たり前だ！」

ドムは自らが脱ぎ捨てたマントで、ハスの体を包んだ。真紅のマントから、真紅の血が滴る。「安堵しろ。浅手だ……」

祈るようにラガンを見上げる。その眼が何を尋ねているかは、一目瞭然であった。

「安心してくれ」

と、唇を噛み締めるラガン。その手から、短刀がポトリと落ちた。そして懐から、それを摘んで出す。指に挟まれたそれは、小さなカプセルだった。「ワング猊下に手渡された毒だ。仕込むよう言われたが、俺にも矜恃というものがある」

「だろうと思った」

微かに頷くドム。そして、自らの左肩を眼で示す。ボディスーツが裂け、血が流れていた。「ならば俺も、死んでいた」

「かなり深く刺してしまったが……急所は外れたと思う」

そう言って、ラガンは自らの潰れた右目を指し示した。「なにぶんにもこのせいで、距離感が狂っていたからな」

ラガンは数歩歩いて、ドムが置いたあのケースを拾い上げた。そして無造作に、中のペンダントを取り出すと、一瞬見詰め、それから忌《い》むべき物でもあるかのように、バラバラに引きちぎった。琥珀に包まれた赤ダイヤのペンダント・トップが、宝石をちりばめたチェーンが、血を吸った珊瑚砂の上に散らばる。

「俺の……完敗だ。ハスの忠誠心にな」

ラガンは自らの部族衣裳を羽織った。「俺もそういう、部下が欲しい」

無言で、意識を喪ったハスの熱い体を抱き続けるドム。しかしその表情の、なんと幸せそうなことか。

「ドムさまッ!!」

血相を変えた、バルサロームが飛び込んで来た。「ラガン、貴様！」

凄まじい表情で、ラガンを睨み付ける。

「やはり、私の手で、討っておくべきだった……」

「捨て置け、バルサローム」

ドムが言った。「もう済んだ」

「ハス！」

ドムに抱かれたシア・ハスを見て、立ち尽くすバルサローム。「傷は……」

「死なせぬ」

と、ドム。「絶対に死なせぬ！　こんな得難い部下を、みすみす死なせてなるものか……」

ドムの頬に、微かに光る真珠を、バルサロームは確かに見た。

「俺は……陛下にも上官にも、部下にも敵にも恵まれた」

これ以上、何を望む？　何が望める？

「ドムよ」

天幕の陰に消える寸前、ラガンは言った。

「この償《つぐな》いは、必ず……。俺なりのかたちでな」

◆◆▼

『ガルギュラン』を伴うことなく、『ドローメ』は密かに出航した。そしてその静粛性とステルス機能を最大限に活かしつつ、漆黒の宇宙に溶け込む。ずっと後になって惑星連合宇宙軍のコードネームで、カメレオン・デバイスと呼ばれることになる隠蔽《いんぺい》シールドは、新たに小改装で付与された機能であった。これにより『ドローメ』は、もとから備えていた駿足と火力に加え、隠《かく》れ蓑《みの》までも手に入れた。

「だから、申し上げたのです」

その間ずっと、バルサロームは口を酸っぱくして、容赦のない箴言を吐き続けた。「幸いにも一命は取り留めたものの、シア・ハスの傷は一生残るかも知れませんぞ。嫁入り前の娘が、ですぞ。ドムさま、ここは『疵物《きずもの》』にした、責任をお取りになって……」

「それも考えた」

と、ブリッジに立ち尽くすドム。視線は、宇宙空間をあてどもなく彷徨い続ける。

「しかし、当のハスが、それを潔《いさぎよ》しとはせんだろう」

「そこはそれ、乙女心というものですよ！」

武骨とはいえ、その上官よりはるかに人生の機微《きび》に通じたバルサロームは、まくしたてた。「ハスも、ひと皮剝けば純情可憐な乙女なのですぞ！　そのひたむきさ、もはやわからぬとは言わせませぬぞ！」

「それは……」

俯くドム。「重々、わかっている」

「口ではなんと申そうとも、その本心ではドムさま、あなたの伴侶になりたいに決まっておるではありませぬか!?　おわかりになりませんか!?　でなくば、いかに上官とはいえ、誰が身を挺して……。ドムさま、それがおわかりなら、是非にもハスを、ハスを！」

感極まって、バルサロームは言葉に詰まった。

『そこまで言うなら、いっそ貴様が貰ってやれ』

と、ドムは喉元まで出掛かった。バルサロームは軍歴一筋で、いまだ独り身である。もちろん、寄港の度に慰安局《いあんきょく》には足繁《あししげ》く通いはするが……。

「どうです？　何かお言葉がございますか？」

「バルサローム」

と、ドム。「やはり、あの献身の代償だとしても、ハスを娶《めと》るのは筋違いだと思う」

「ああ、もうドムさまは！」

焦れったそうに、バルサローム。「こういうところは、さっぱりなのですな！　甲斐《かい》性《しょう》無《な》しにも程がある。武勇比類なき、銀河を震撼《しんかん》させる天才的な軍略家が、こと色恋沙汰に関しては、凡夫以下……。情けない！」

「だから、違うのだ！」

ドムは声を荒げ、副官の言葉を遮った。「ハスの献身に報いる最大の道は、これからも重く用いること。そして、常に尊敬できる上官でいること……。それしかないぞ。俺は、尊敬できる上官で居続ける自信はある！　しかし、尊敬できる夫になれる自信はないぞ。こんなふやけた漢を身を挺して庇《かば》ったのかと、嘆かれる亭主に成り下がることだけは、断じて!!」

「ドムさま……」

バルサロームも、それを聞いては黙るしかなかった。「数々の罵詈《ばり》雑言《ぞうごん》、お赦しください。ドムさまはやはり、戦場にあってこそ……」

「当然だ」

ドムは握った掌を、開いてみる。あの珊瑚砂の中から拾い上げたペンダント・トップが、静かに封じ込められた輝きを放っている。

自分も、この琥珀に込められた赤ダイヤのように、永遠に燃える想いを封じ込めて生きるしかない。

「俺は……不器用だからな」

◆◆▼＊

ジャスティ・ウエキ・タイラーを葬り去らんとするあらゆる試みは、悉《ことごと》く水泡に帰した。むろん全ラアルゴン艦隊は総力を結集して、この走り回るゴキブリを叩き潰そうと躍起になっていたのだが、それを嘲笑うかのようにスリッパとスリッパの隙間《すきま》を巧みに走り抜け、かえって被害ばかりが拡大していった。

この時期のタイラー（階級で言えば、中佐時代）は、敵と味方、双方から睨まれ、妬《ねた》まれ、疎まれていた。所属する惑星連合宇宙軍からは蛇蝎《だかつ》の如く疫病神扱いされ、敵であるラアルゴン艦隊からは執拗に追い回される。出る杭《くい》は打たれるの言葉通り、ラアルゴンの攻撃が、ほとんど彼一人に集中していたからである。彼の側にいるだけで巻き添えを喰うのだからたまらない。為に、彼は動く避雷針《ひらいしん》扱いされ、高速の新型駆逐艦『あさなぎ』を与えられたのみで、なるべく、味方に迷惑のかからない辺境の宙域を、パトロールと称して逃げ回ることを強いられた。当然、ラアルゴンの追及は『あさなぎ』一隻に集中するが、圧倒的なラアルゴン艦隊は、毎回もう少しというところまで追い込みながらも、常に間一髪で逃げられてしまうのだった。特筆すべきは、そこにいくつもの驚嘆すべき偶然が奇跡のように重なり合い絡み合っていたことである。その結果、傍目にはタイラー一人が悪運強く生き延び、ラアルゴン側のみか、彼に関わった惑星連合宇宙軍にまで、側杖《そばづえ》とも言うべき犠牲が累積していくという事態が出来した。

当初、タイラーをひたすら疎んじるのみであった惑星連合宇宙軍上層部は、そのうちに彼を評価し、有効活用する方法を思い付いたようだ。ラアルゴン艦隊はまるで、彼しか眼中にない如くに追いかけ回すので、さしもの硬直した首脳部も彼を、艦隊再建の為の時間稼ぎと、本来の作戦の陽動・隠蔽に用いればよいということに遅ればせながら思い至ったのである。

一個人の強運という、まことに不確定な要素が、仮にも一軍の戦略レベルにまで織り込まれるという、前代未聞の椿事《ちんじ》ではあった。

翻《ひるがえ》って、当のタイラー自身の立場になって考えてみれば、これはかなり辛い状態であったはずである。まさに孤立無援であり、与えられた戦力も、のちの彼を思えば比較にならぬほど少なく、敵は常に圧倒的であった。常時、百倍の敵に対峙《たいじ》していたと言っても過言ではない。精神的に、相当追い詰められていたとしても不思議ではないのだが、結果から言えば彼はこの苦しい時期を、幾許かの才覚と信じられないまでの頭抜けた強運と、乏しい仲間の協力と犠牲とによって、どうにかこうにか切り抜けていったのである。

ともあれそれは、綱渡りのような日々であった。

鎔鉱炉の上を徒手空拳で、突風に煽《あお》られながらの綱渡りであった。

ル・バラバ・ドムはそんな彼の一挙手一投足を、常に見ていた。と言うよりも、片時たりとも目を離すことができなかったと言うべきであろう。皮肉なことに、明確な敵である彼が、最も公正なタイラーの観察者であり、理解者であったとも言える。数多《あまた》いる味方の中の敵よりは、利害と雑念とが絡まないぶん、よほど冷静に分析かつ評価できる。彼のことを誰よりも正しく理解している……と、少なくともドム本人は思っていたはずだ。

仮に、その素顔を、とんでもなく歪めて把握していたとしても……。

公明正大なはずのドム本人は気付いていなかった。

彼が既にして、タイラーに感情移入してしまっており（それは、ほとんど肩入れに近いレベルであった)、自分以外の将が彼に対峙する時には常に、心中密かにタイラーを熱烈に応援しているという事実に。仮にそれが『奴を殪せる者は自分しかいない』という、強い矜持に支えられたものであったとしても、だ。

その桁外れの武運には、あやかりたいと思うほどの羨望を感じ、鮮やかな勝ちっぷりには称賛を惜しまず、常に敵の裏を掻く見事な作戦には、驚嘆さえ覚える。

ドムの眼にはタイラーは、ただただ得体の知れぬ巨人に見えた。

◆◆▼＊＊

『今日の「あさなぎ」』。

そんなコーナーが、全ラアルゴンのネットワークにできてしまったかの如く、寄ると触ると開口一番、その話題でもちきりになる。

「今日の『あさなぎ』は？」

ル・バラバ・ドムもまた、『ドローメ』のブリッジで尋ねる。本星からの定時連絡で、シア・ハスの傷も順調に恢復中《かいふくちゅう》で、前線復帰に向けてのリハビリを始めたという便りを受け取っていただけに、いつもの如く表情は険しいながら、機嫌はよい。

「相変わらずピットトム星団の、白色矮星《はくしょくわいせい》ゼムの辺りを逃げ回っております」

と、バルサロームの報告。「お休みになられる前と、状況はほとんど変わってはおりません。タイラー中佐、薄氷《はくひょう》の逃走劇の真最中であります」

「追撃中の、我が艦隊は？」

「六十四艦艦隊が、二個であります。他に、遊撃が少々……」

『ドローメ』も、その少々の遊撃の中に含まれる。単に野次馬的な興味で見守っている艦も少なからずいた。皇帝を頂点とする部族社会、あるいは軍閥社会のラアルゴンにあっては、各提督や艦長には、そのかなりの行動の自由が認められていたからである。

「今のところ、ギンデル提督の艦隊が、最も肉薄しております」

「ギンデル？　ああ、ワング派の、六十四艦提督か。力量は、どうだ？」

「地球流に評せば、『猪《いのしし》武者《むしゃ》』ですな」

バルサロームの評価は、素っ気ないものだった。興味もその程度といったところ。「ですが、ワングの肝煎《きもい》りだけに、与えられておる戦力は侮れません。特別任務という名目で、定数以上……百隻近い艦隊を与えられております」

「ほう……」

「中には、六隻ばかりですが『ドローメ』の量産型も……」

「『猫に小判』だ」

ドムも、一刀両断。

「いかがなさいます？」

「例によって、少し離れて『観戦』だ」

「了解致しました。念の為、ギンデル提督には助太刀を打診しておきますか？」

「無用！」

と、ドムは言下に退けた。「どのみちプライドばかり高いギンデルは、俺ごときの助勢など、鬱陶《うっとう》しく思うだけだろうよ」

「同感ですな」

「しかし、白色矮星か……」

そこがやや、気掛かりと言えば気掛かりだ。「重力圏に捕まると、面倒なことになるな。ブラックホールほどではないが、侮ると取り返しのつかん事態になりかねん」

「念の為、安全距離を保って観戦致しましょう」

『ドローメ』の推力をもってしても、一旦白色矮星の重力に捉えられてしまえば、離脱は不可能だ。巨星が爆発した、その残骸《ざんがい》でもあるだけに、濃密に漂う残留成分によって、電波も乱れがちで、細心の注意が必要だ。計器が狂って、気が付いたら表示値以上に接近していたということも考えられ、その場合は洒落《しゃれ》にならない。

「展開図を表示致しました」

バルサロームが気を利かせて、３Ｄ図をブリッジ中央に出現させた。味方艦隊を示す無数の青い光点と、『あさなぎ』を示す赤い光点。そして、矮星とはいえ、圧倒的な存在感を示し、図表の大半を占める巨大なゼム。

万言を費やして説明されるよりも、ギンデルの意図は一目瞭然。

「奴は圧倒的戦力で『あさなぎ』を包囲し、頭を押さえたまま、ゼムに追い落とそうという肚《はら》ですな」

「まあ、常道だな。面白味も、飛躍もないが……」

作戦的には、七十点といったところ。しかし『あさなぎ』にとっては絶体絶命に近い状況だ。砲撃を避けようとすれば、白色矮星に近付かざるを得ない。それはまさに自殺行為。さりとてワープによる離脱は、白色矮星の巨大な重力の干渉によって、きわめて危険な、暴虎馮河《ぼうこひょうが》な行為となる。非常に高い確率で、ワープインしたまま、ワープアウトできない。ワープ変換により置き換えられた信号が、再生コードもろとも雲散霧消《うんさんむしょう》してしまう。つまり、この空間から『消滅』してしまう。

「タイラーの強運が、今日こそ試される状況ですな」

「さて、どう出るか……」

ドムは珍しくも、提督席に鎮座《ちんざ》した。「タイラーが利口なら、精神に異常を来すだろうな。馬鹿なら、絶望的な反撃に出るか、それともワープを試みるか……」

「もうひとつ……」

バルサロームが言った。「万策尽きて、自らゼムに突っ込んで果てるという選択肢もございます」

「さすがに、それはない」

と、ドム。「『自殺行為』と、『自殺』とは微妙に違う。奴は、自殺行為は選択しても、自殺を選ぶような漢ではないと思う。根拠こそないがな」

「『あさなぎ』、ゼムに向けて降下します！」

「なに!?」

オペレータの言葉に、ドムは思わず身を乗り出した。「そんな……」

「なおも加速中！」

「有り得ない……」

「そうか」

気付いたのは、バルサロームであった。「その手があった」

「どういう手だ？」

「重力カタパルトです」

「重力カタパルト？」

それは、落下による加速度を離脱に転用するという方法だ。周囲をぐるりと回って加速し、宇宙船本体の推力では得られない速力で飛び出す。惑星の引力圏を利用したそれは、頻繁に行われる。緊急避難的に恒星の重力を利用した前例も、やや危険ではあるが、皆無ではない。しかし、白色矮星を利用した重力カタパルトなど、前代未聞であった。

「タイラーは、ゼムの大重力を利用して、重力カタパルトによる離脱を試みようとしております」

「危険過ぎる！」

と、ドム。「Gの掛かり過ぎで、内臓が潰れるぞ。緩和装置も限界だ。そもそも、船体が保つのか？」

しかし、少なくともギンデル艦隊の意表も突いた。ギンデルは、拱手傍観《きょうしゅぼうかん》したまま打つ手なしといったところだ。艦隊は、まったく動かない。

「追わないのでしょうか？」

「追えないのさ」

と、ドム。「追えば、ゼムの重力に捕まる」

「なるほど……。一か八かとはいえ、タイラーも考えましたな」

「奴の知恵ではあるまい」

見えているかのように、ドム。「有能な、それもかなり突飛な発想をするブレーンが、『あさなぎ』にはいるのだ」

「それは……」

バルサロームが言った。「たぶん、ヤスダとかいう副官の進言でしょう。決断したのはタイラーでしょうが……」

タイラーの近辺は、ラアルゴンの諜報活動により、かなり克明にわかっていた。『あさなぎ』の乗船名簿すら、どういう経緯でか、ラアルゴン艦隊には遍《あまね》く行き渡っていたのである。

それほど、ジャスティ・ウエキ・タイラーには、ラアルゴンの耳目が集中していた。

「あ……」

ドムの眼が、モニタースクリーンを注視する。「そこで撃つか、馬鹿どもめ！」

決死の選択で逃げようとする『あさなぎ』に向け、ギンデル艦隊が散発的に発砲するのが見えた。届かぬを承知で、自棄《やけ》気味に撃ったのである。

もちろん、高速でゼムへの降下を続ける『あさなぎ』には、一発の命中もない。光条はすべて、その遥か後方を飛び過ぎる。

ところがその『あさなぎ』にも、直後異変が起こった。

一瞬輝いて、消えたのだ。

「消えた……」

唖然として口を開いたまま、閉じようともしないバルサローム。

「何事か？」

「ワープです。ワープ反応あり！」

オペレータが、叫ぶ。「『あさなぎ』、ワープしました!!」

「何という……」

ドムは感動すら覚えた。重力カタパルトだけでも充分に無謀な行為だというのに、加速したまま、さらにワープとは……。

「わかりましたぞ」

さすがにバルサロームは、気付いた。「重力カタパルトと見せ掛けたのは、フェイントです。タイラーの真の目的は、落下加速によって艦自体の推進力を節約し、その間にワープの為のエネルギー・チャージを稼ぐこと……」

「恐ろしい奴……」

ドムが戦慄《せんりつ》したとして、誰が責められよう。「俺には、真似できん」

「絶対に、真似しないでいただきたい」

それがバルサロームの、偽らざる感慨。

「『あさなぎ』は、ワープアウトできるかな？」

「そんなことより……」

オペレータが、恐るべき報告をした。「一刻も早く、我々もこの場を、離脱致しましょう。危険です」

「どうした？」

「常識外れのワープで、空間が乱れました」

もともと白色矮星の周辺は、過大な重力によって空間そのものが非常に不安定だ。溢れそうなコップの、盛り上がった縁にも似ている。『あさなぎ』のワープは、そこにさらに、一枚のコインを投入したようなものだった。

ブリッジに赤色灯が点灯し、アラートコールが鳴った。

「ゼム、きわめて不安定！」

オペレータ、絶叫。「さらなる重力崩壊が、加速されました。急激な縮退《しゆくたい》が始まっています！」

「ワープ‼」

ドムは命じた。「こちらもワープだ」

「座標は？」

と、操舵手。

「適当でいい！」

「ランダムワープは、危険過ぎます！」

「このままでは、ゼムの縮壊《しゆくかい》に呑まれる！」

背に腹は、代えられぬ。「タイラーの強運にあやかれるよう、総員祈れ！」

『ドローメ』は、光り輝く繭《まゆ》に似たワープ亜空間に包まれ、それから亜空間情報へと瞬時に変換された。まったく別の空間で、再構築されるべく……。

ワープしている人間の脳と目にとっては、それは目眩《めくるめ》く体験となる。まさに、トリップするわけだ。

間一髪であった。

結局、その空間を離脱できたのは『あさなぎ』を別にすれば、『ドローメ』ただ一隻であった。残りの艦は悉く、縮壊するゼムに吸い込まれた。それはまさに、巨大なグラヴィテーション・メールシュトローム（重力の渦）であった。

「タイラー……」

目眩くワープ空間のトリップのなかで、ドムは震撼した。「まさに恐るべし！」

◆◆▼＊＊＊

幸運にもワープアウトした『ドローメ』だが、出現した座標が、いっこうに把握できずにいた。

「船体の損傷、軽微」

「しかれども、計器に異常」

MINE
YOSHIZAKI
2008.

「座標、依然判明しません。おおまかな宙域すら、摑めません！」

「無理もない」

ドムは呟いた。「いきなりの、ランダムワープだったからな。ワープアウトできただけでも、僥倖《ぎょうこう》と言わねばなるまい」

ここは、ほんのコンマ数光秒離れた座標かも知れないし、何百光年、跳躍してしまったかも知れない。まったく未知の、前人未到の宙域である可能性も、皆無ではなかった。

「もう二度と、こんなことは御勘弁願いたい」

寿命が三年縮まったという表情で、バルサロームがドムを見た。「それともタイラーを追い掛けるということは、こういうことなのでしょうか？」

「追われるタイラーにとっては、これが日常茶飯事ということだ」

「………強いはずです」

バルサロームもタイラーを深く尊敬する。ただし断じて、羨望はしない。命がいくつ、あっても足りない。

「前方、艦船反応!!」

今日は『ドローメ』のオペレータにとっても、人生で最も多忙な一日であった。「急速接近！　衝突の危惧《きぐ》あり!!」

「回避！」

「やっております!!」

操舵手にとっても、厄日だった。「互いに高速過ぎます！」

両艦は、僅か数『キロ』の距離で、擦れ違った。相対速力は時速にして実に数千万キロ、まさに紙一重である。宇宙空間でなければ、衝撃波で圧壊していたであろう。

「こんな宙域に、他に艦がいたとは……」

回避してから、どっと恐怖がきて、それから冷や汗が出た。「敵か？　それとも……」

「少なくとも、味方識別信号は出しておりません」

「ならば、敵か……」

「駆逐艦クラス！」

オペレータが、ようやく判明した情報を報告する。「船籍コードも解析終了！　そんな……馬鹿な……有り得ない」

「どうした？」

「『あさなぎ』です！」

「なにッ!!」

さしものドムも、心底驚愕した。両艦ともランダムワープして、すぐ近くに出現しようとは。まさに盲亀浮木《もうきふぼく》。「なんという、恐るべき偶然！」

「お言葉ですが……偶然ではありますまい」

悟ったような表情で、バルサロームは言った。「おそらくは、両者のワープ波の相互干渉により、引き合ったのでしょう。しかし、そんなことすらもう、どうでもよろしい。これはもはや、宿命レベルの邂逅《かいこう》ですぞ」

「ええい！　そうとわかっていれば、すれ違いざまにビームの一発も、どてっ腹にぶち込んでやったものを!!」

ドムは歯噛みし、地団太踏《じだんだ》まんばかりに悔しがった。「緊急回頭！」

我を忘れ、居丈高に命じた。

「追えい！」

「追い付けません」

「いいから、追え！　ともかく追撃するのだ。一対一の好機、またとあるか!?」

こちらは戦艦、向こうは駆逐艦。タイラーの強運は怖いが、常識的に考えて、勝算は大だ。常識がまったく通用しない相手であることは、百も承知ではあるが……。

しかし、レーダーの中から、『あさなぎ』を示す光点は再び、忽然《こつぜん》として消滅した。

「『あさなぎ』、再びワープしました！」

今度はランダムワープではなく、考え抜かれた通常ワープであったようだ。

「ワープトレーサー、追従できません！」

悔しそうに、オペレータ。「目標、ロストしました！」

だが、悪いことばかりではなかった。

「現在位置、判明……」

そこは、ゼムのあった宙域から、十三光年ばかり離れた座標であった。しかも、帝国領土の奥深くである。

「では『あさなぎ』は、我が領土から抜けるのに当分かかるな」

と、ドムは舌なめずりした。「そう連続して、ワープもできまいし……。まだ、勝機は存分にある！」

◆◆＊◆

ル・バラバ・ドムは少し、焦りすぎていたのかもしれない。いつになく、冷静な判断力を欠いていた。巨大な重力の近くでは空間すら歪むように、ジャスティ・ウエキ・タイラーという存在は、近付いた人間の人格に、影響を与えずにはおかないようだった。

しかし、そんなこともすべて、後になってから気付くものである。

その時も、ドムは普段以上に沈着冷静なつもりでいたし、すぐ傍らにいたバルサロームにも、彼の心の、焦燥感《しょうそうかん》からくる空転は見抜けなかった。

「シア・ハスがいてくれたらな」

この時ほど、ドムが切実に思ったことはなかっただろう。いかに高速かつ強力であろうとも、『ドローメ』一隻では『あさなぎ』を追い詰めることは至難である。優れたハンターの手に強力な猟銃はあったが、付き従うただ一頭の猟犬もいなかったのである。追う獲物が、狡知《こうち》に長《た》けた狐であれば、なおのこと。

とはいえ『あさなぎ』のワープアウト座標は、時を置かずして知れた。隙間なく張り巡らされた監視網に、断続的にではあるが、頻繁に引っ掛かる。

やはりドムの直感通りで、ラアルゴンの勢力圏を離脱できず、帝国領土内を喘《あえ》ぐように迷走するしかない状況が、銀河標準時間で二十日近くも続いている。

どうやらあの無茶なランダムワープが、いっときの状況を打開はしても、『あさなぎ』の機関と船体に相当な無理を強いたと見える。長距離のワープは事実上不可能になっていたようだ。のみならず、武器も満足に使えない様子であった。追い回されつつも、ほとんど反撃らしい反撃をしていない。特に最大の武器（駆逐艦にとっては、ほとんどそれが頼みの綱）である光子魚雷は、使用不可能なことはほぼ間違いなかった。

修理の時間も、まったく取れない。ましてやドックへの入渠《にゆうきよ》など、夢のまた夢。

「俺が奴なら……」

と、ドムは図らずもバルサロームに開陳した。「もしも入渠修理ができるなら、残りの寿命が半分、いや、十分の一になったとしても、狂喜乱舞するだろうな」

まったくそれは、もののふとしては偽らざる感情であった。

「とはいえ好機だ！」

声を大にして、そう叫んだ。「奴を討つ、またとない好機だ!!」

しかし、それは味方のすべての将にとっても、等しく訪れた絶好の機会なのであった。数え切れない競争相手に出し抜かれずに済むなどと思うほど、ドムは自分にとって都合《つごう》よく物事を考えるような漢ではなかった。まして、タイラーの首への報償《ほうしょう》は、莫大なキャリーオーバーが発生している。首尾よく仕留めれば、恩賞は思いのまま、法外な出世も夢ではないときては、下は賞金稼ぎまがいの半海賊から、上は大艦隊を率いる提督に到るまで、あらゆる層がライバルである。

「俺が討たねばならぬ！」

ドムの焦りは、頂点に達した。「タイラーは、俺に討たれる為に存在するのだ!!」

思い込みも、ここまでくれば立派である。しかし現在、その彼の手元にあるのは『ドローメ』ただ一隻である。シア・ハスの『ガルギュラン』が側にいてくれるなら、それこそドムは寿命が百分の一になっても、納得しただろう。

「思えば惑星連合宇宙軍というのも、難儀な軍隊ではありますな」バルサロームの言葉が、深い。「中佐と言えば、我が軍では艦長職。シア・ハスあたりと同格ではありませぬか。あれほどの手柄を立て続けに上げていれば、我が軍ならとっくに、提督になっておりますぞ」

「議会制衆愚主義の軍隊とは、そういうものだ」

ドムは素っ気なく言った。「まあ、その、たかだか中佐たるタイラーの首を上げれば、我が軍では栄達間違いなしなのだから、皮肉なものよな」

「それ以前に、我が軍であれば、タイラーほどの武人がここまでの窮地《きゆうち》に追い込まれていれば、全軍挙《こぞ》って助勢に駆け付けますぞ」

『あさなぎ』の迷走ぶりは、敵だとしても気の毒なほどだった。まさに四面楚歌《しめんそか》の孤立無援状態。「惑星連合宇宙軍とは、なんたる非情で酷薄《こくはく》な軍隊でありましょうや」

その代わり、と言ってはなんだが、ラアルゴンでは失脚はほとんどの場合、死を意味する。作戦の失敗は、極刑とほぼイコール。

どちらにもメリットと、デメリットがある。

「同情は無用」

ドムは言い放った。「情けなど掛ければ、被害が拡大するばかりだ。今はただ、タイラーを討つのみ！」

「閣下」

あまりのオーバーワークと重圧でダウンしたオペレータと交替した、新顔のオペレータが告げた。「近接する他艦隊より、閣下宛で通信が入っております」

「誰だ？」

「出ればわかると、申しておりますが……」

「出せ」

スクリーンに映る隻眼《せきがん》の提督は、忘れもしないあのドーラ・ラガンであった。

『ドム提督、壮健でなにより』

ラガンの表情には、かつて漲っていた生彩がない。頬がげっそりとこけたせいもあろうが、声に張りが乏しく、表情も著しく覇気を欠く。ドムとの決闘で右眼の視力を喪ったことばかりが、その原因とも思えない。『以前の借りを返しに、推参したという次第でな……。シア・ハスがおらぬのが、まことに残念』

シア・ハスの名を口にしたときだけ、ややかつての片鱗《へんりん》が覗いたくらいだ。

おそらく、これはドムの推測だが、彼はドムを仕留め損なったことで、ワングから半端でなく冷遇されたのではあるまいか。命を狙われたことも一度ならずあったであろう。いや、現に狙われているかも（その場合、宇宙にいたほうが安全である）。追われる生活は、体力と気力を確実に削いでゆく。見る影もないラガンの変貌《へんぼう》ぶりからして、そう的外れな推測ではないと思われた。

彼はかつて決闘までしたドムに再会できて、むしろ安堵している。それが、わかるだけに、なんとも痛々しい。

『その……訊けた義理ではないのだが……ハスの傷は癒《い》えたのか？』

「安心しろ」

ドムは努めて彼を勇気付けようとした。「命に別条ない。あの女は殺しても滅多には死なぬ。その点では、この俺以上。じきに恢復する」

『そうか……』

ラガンの表情が、何とも言えぬ安堵感に満ちた。『それは、せめてもの救い』

「痩《や》せたな」

とドム。「俺を仕留め損なったことで、ワングの勘気《かんき》に触れたな」

『ああ。艦隊を半分に削られたうえに、補給も滞りがちだ。今では、完全なお荷物扱い……という訳だ』

そういうとき、ラアルゴンの苛《いじ》めとも言うべき顕著《けんちょ》な嫌がらせは、惑星連合宇宙軍の比ではない。補給省の上には時の権力者が、でんと居座っていると思って間違いない。補給の優先順位は彼の一存と機嫌次第で決まると言っても過言ではない。燃料や弾薬の補給も、損耗した兵員の補充も、傷んだ船体の修理も、何度申請してもあからさまに拒絶されるなど日常茶飯事。ドムにもそれに近い経験があるだけに、彼の苦境は察せられる。

「なるほどな」

ドムは苦笑した。「それでも、俺よりは手勢が多い。そうなっても貴様を慕って付いて来るということは、本物の少数精鋭なのだ。そうだろう？」

『タイラーを、追っているのか？』

ドムの言葉に励まされたという表情で、ラガンは言った。『仕留めたくて仕留めたくて仕方がないと、その顔に書いてあるぞ』

「手が足りんのだ」

ドムは正直に吐露した。「地球流に言えば、『猫の手も』というやつでな」

『案ずるな。俺が、その猫の手になろう』

「なんと！」

まさしく、昨日の敵は今日の友。「手伝ってくれると言うのか!?　いかに償いとはいえ、貴様の口からそこまで献身的な言葉を聞こうとは……」

『なに、ただでとはさすがに言わん』

ラガンはそこまで、追い込まれてもいた。『首尾よくタイラーを討てば、貴様は出世間違いなし。俺は、その幕僚《ばくりょう》の末席にでも加えてもらおう。……いや、もう正直に言おう。ワングはしつこい漢でな、一度裏切った者には執拗なのだ。守ってくれ』

やはり、冷や飯を喰わされるという程度では、言い足りないほどの境遇にあるようだった。

『俺が、勢子《せこ》となってタイラーを穴から追い出す。貴様なら、仕留められるよな』

「有り難い……」

ドムは拝みたいほどの心境になっていた。

「私は……信用すべきではないと思いますな」

通信が切れてから、バルサロームは渋面で言った。「仮にも……」

「言うな」

ドムは制した。「あの表情に、偽りはない」

「ドムさまは、敵を信用しすぎです」

「敵ではない」

「では判断が、甘すぎます」

「……」

「まあ、今は敵であろうと、頼らざるを得ない状況ではありますが」

バルサロームも、渋々折れた。

ラガンの指揮下にあるのは麾下の軽巡洋艦以下、三隻の旧式駆逐艦。まあ、辛うじて艦隊としての体裁は整っている。『ドローメ』の先走りとしては、充分だ。

「『あさなぎ』の現在座標は？」

「タンパのガス状星雲に、潜伏しています」

と、オペレータ。

「あそこは、パイプ状の星雲だったな」

「はい。ガス雲の中は、きわめて危険です」

別名、銀河のサルガッソー。「パイプの中は、戦艦一隻が辛うじて微速で動けるほどの太さしかありません。ただし、パイプの両側から攻めれば、袋のネズミではありますが……」

「ではラガンに、追い出させよう」

作戦は、すんなりと決まった。

タイラーの進退は、ここに極まった……かに見えた。

◆◆◆

『では俺が、裏側に回って「あさなぎ」を追い立てよう』

快く、ラガンは引き受けた。

「有り難い。しかし、危険な任務だぞ」

『なんの。俺に万が一のことあれば、シア・ハスに一言、済まなかったと伝えてくれ』

「わかった」

莞爾と微笑むドム。もとより、蟠《わだかま》りは消えている。「だが、無茶はするな。タイラーの奇策に、惑わされるなよ」

『それは、お互い様だ』

笑って通信は切ったが、一抹《いちまつ》の不安は残った。これより先、ガス状星雲の影響で通信は不可能になる。

『ドローメ』は、トンネルの一方の端に回り込み、駆り立てられる獲物を待った。

「遅いですなあ……」

ラガンの小艦隊と別れてから、銀河標準時で七十二時間を経過しようとしていた。老練なバルサロームの表情にも、苛立ちがある。「そろそろなにか兆《きざ》しがあって、然るべきですぞ。よもやラガンめ、しくじったとは……」

「奴に限って、それはない」

ドムは今となっては、ラガンを信頼している。その半端ではない力量も、悠揚迫《ゆうようせま》らざる為人《ひととなり》も。命のやり取りをした間柄だけに、かえって裏も表もわかるのだ。卑怯からは遠いところにいる漢だし、臆病者にはさらに程遠い。藁にも縋《すが》りたい窮地にあることを勘定に入れても、今のドムにとってはこれ以上望みようもないセッターである。「あるとすれば、いつも以上に慎重にならざるを得ないのだ。なにしろ相手は、あのタイラー……」

その点では、いくら慎重になっても、なり過ぎるということはないのだった。

「そうだ。問題はむしろ、タイラーなのだ」

ドムはその面差しを上げた。眦《まなじり》がきっと、見開かれている。「俺にはタイラーの考えていることが、なんとなくわかる」

「どのような？」

バルサロームが、それは是非とも拝聴したいという目線を向けた。「あの稀代の悪運の漢は、この『絶体絶命』の状況に、どのような？」

「屁でもないのだ」

と、ドムは言下に言い切った。「奴にとってはな。『なんとかなる』どころか、『どうにでもなる』と思っているに違いないのだ。奴にとっては、窮地こそが好機なのだ。むしろその状況を、楽しんでいるのだ。心からな」

「奴はそれでよいとして……」

バルサロームは静かに言った。「付き合わされる味方は、たまったものではありませんな。天才肌の欠点と言うか、欠陥です。自分では、おそらくわかっているのです。この窮地も、絶対に切り抜けられると……。ですがその自信の根拠を、他人に説明しない。したくてもできない。ドムさまにもやや、そのような傾向がございますが、奴はおそらく、ドムさまの比ではありますまい」

「説明責任など……」

と、ドムは断言した。「天才には無用の言葉と心得よ。無責任でよいのだ。結果さえ出せるならば、無責任でな」

「まるで……」

バルサロームは苦笑した。「ドムさま御自身が、タイラーでもあるかのようなおっしゃりよう」

「ああ。奴は俺だ」

ドムの表情が、このときほど輝いているのを、バルサロームはかつて見たことがなかった。「タイラーは、惑星連合宇宙軍における、この俺なのだ!」

そのとき、ガス状星雲が、僅かに輝きを放ったようにも見えた。気のせいと言われればそれまでだが。

「接近反応!」

ほとんど真っ白となった半球レーダーを凝視しながら、オペレータ。「『あさなぎ』と思われる艦が、トンネルを抜けます!」

既に万端の砲撃準備を整え、固唾《かたず》を呑んで待機していた『ドローメ』のブリッジに、緊張が走る。出口がそのまま、直接照準の極射程内だ。仮にここを突破できたとしても、全自動追尾式の対艦ミサイルが待ち構えている。

「出ました！」

「撃……」

と、命じかけたドムであったが、

「やめ!!」

と、慌てて叫ぶという醜態《しゅうたい》を演じた。「砲撃中止!!」

なんと、トンネルから現れたのは味方『パガザン』級の駆逐艦であったのだ。危うく、同士討ちになるところであった。

続いてもう一隻、『パガザン』級が現れた。それからラガンの座乗《ざじょう》する軽巡『ドルガギューン』が飛び出し、最後に駆逐艦『バルバン』が現れた。つまり、ラガン艦隊のすべてである。

「どういうことだ？」

途絶しがちな、ノイズだらけの通信を開き、ラガンを質《ただ》すドム。「『あさなぎ』を見なかったのか？」

『トンネ……かで、確かに……しき艦を、発……した……。追い出……りが……けてしまったと……けです』

トンネルの中で、確かに『あさなぎ』と思しき艦を発見した。追い出したつもりが、我々はするりと通り抜けてしまった……ということらしい。

「では『あさなぎ』は、タイラーは何処へ消えたのだ？」

『……れは……皆目……ない』

「ええい、まだるっこしい！」

バルサロームがキレた。「通常回線ではかえって判読に時間がかかる。発光信号に切り換えろ！」

適切な判断であった。

ドム「貴艦ハ『アサナギ』ヲ、見ズヤ」

ラガン「船籍未確認ナレド、確実ニ小型艦一隻ノ艦影ヲ認ム。『アサナギ』ナラズヤ」

ドム「状況ヲ鑑《カンガ》ミルニ、ホボ『アサナギ』ナラン。追尾セザルヤ」

ラガン「無論、追尾シタルナリ。サレドモ、我ラガ目ニハ、『アサナギ』ハ俄《ニワ》カニ輝キ、消エテ失セリ。ソウ映リタルナリ」

ドム「消失？　詳細ヤ、如何」

ラガン「不明ナリ。タダ、常ナラン高えねるぎー反応ヲ、認ム」

「高エネルギー反応？」

ドムは訝った。ある可能性も思い付かないではなかったが、心のどこかで、意識してそれは避けていた。

あまりにも、危険かつ突飛な発想であったが故……。

「ドムさま」

腫《は》れ物《もの》に触るような声で、バルサロームが言った。「それはもしや……」

「有り得ぬ！」

言下にドム。「いかにタイラーが奇想天外の発想をする漢でも、ガス状星雲の只中《ただなか》で、ワープを強行するなど……」

「しかしながら……」

ごくん、と唾を呑み込み、バルサロームは言った。「奴は今まで、通常では考えられない状況で、ワープを強行し、常に活路を拓《ひら》いてきたのでは……」

「冗談ではないぞ」

と、ドム。「この状況下でのワープが、どんな事態を招くか……」

「異常反応!!」

オペレータが、ひきつった声で叫んだ。彼もまた、極度の神経衰弱に陥ることは必至であろう。「ガス雲が、急激に収縮しつつあります」

「収縮ではない！　縮退だ!!」

ドムが叫ぶ。ワープで、船体ごともっていかれたガス雲の空白部分を補おうと、周囲のガスが急激にその一点に押し寄せる。それは、渦が渦を呼び……。

「緊急離脱！」

この命令を発するのは、『ドローメ』に座乗して何度目だろうか？　そのほとんどが、タイラー絡みだったような気もする。

「ガス雲が集まって、新たな恒星になる！　ぐずぐずしていると、我々も星の一部になってしまうぞ!!」

「機関全速！」

しかし、急激に増大する重力によって、『ドローメ』の推力をもってしても、それは至難の業であった。

「『バルバン』が……」

逃げ遅れた駆逐艦『バルバン』が、縮退するガス雲に呑まれた。ひしゃげ、自壊する船体。乗員の断末魔《だんまつま》さえ、重力に吸い込まれた。

続いて、二隻の駆逐艦も同じ運命を辿る。

「推力が……足りません」

『ドローメ』で、その台詞を聞こうとは。

「フル稼働！　オーバーブースト!!」

「ジェネレータが、保ちません！」

「構わん！」

だが、ぐいぐいと、誕生しつつある恒星に吸い込まれる『ドローメ』。

『ここまでか……』

ドムでさえ、諦めかけた。『陛下、もう一度、御尊顔を拝したかった……』

『…………めるな！』

その音が、微かに聞こえたような気がした。『諦めるな！　ドム!!』

「ラガン!?」

不意に衝撃が、『ドローメ』の船体を包んだ。

「圧壊か!?」

「いえ」

俄かには信じられないという声で、操舵手。『ドルガギューン』がトラクタービームで、本艦を牽引《けんいん》してくれています！」

トラクタービームとは、要するに艦と艦を力場で結ぶ牽引ロープだと思えばよい。

「馬鹿な!?」

ドムは驚嘆した。『ドルガギューン』の出力では、たちまち機関がオーバーヒートしてしまう。

『ドム……』

ラガンの声が、低く響き渡る。『償いは……これにて……』

「ラガン！」

ドムの叫び。「正気か、馬鹿者!!」

『……イラー……仕留め……れ』

「『ドルガギューン』が!?」

機関から夥しい閃光と黒煙を噴き出した『ドルガギューン』は、落伍《らくご》し、重力の渦に呑み込まれていく。

やがて、眩《まばゆ》い光を放ちながらブリキ細工のように変形し、自らの内側に折り畳まれるかのように圧壊し、消滅した。

「ラガ〜ン!!」

「『ドローメ』、離脱可能です!」

操舵手の弾んだ声も、ドムの耳には届いてはいなかった。

「ラガン……俺に生涯返せぬ、借りを作らせおって……」

茫然自失の、ル・バラバ・ドム。

「ドーラ・ラガン提督以下、『ドルガギューン』の、全乗組員に対し、総員敬礼!!」

ドムに成り代わり、バルサロームが命令し、『ドローメ』のクルーは諾々《だくだく》として、それに従った。

「ラガンという漢を、見縊《みくび》っておりました」

安全圏に離脱してから、申し訳なさそうにバルサロームはドムに告げた。「やはり、ドムさまは炯眼《けいがん》であられた」

「なんの。俺とても、ラガンを過小評価していたよ」

悔やんでも悔やみきれぬという表情で、ドム。「奴は最初から、死を覚悟していたようにも思える。それに気付いて、気付かぬふりをしていた自分が赦せぬのだ。奴を殺したのは、俺だ」

「そうでしょうな」

バルサロームは、動じなかった。「かくなる上は、タイラーめを討つことです」

ドムにしてみれば、言わずもがなの台詞《せりふ》であった。

「討てるのだろうか？　この俺に、あの神懸かりなタイラーが……」

正直、討てる気がしない。「偶然をあそこまで味方に付けた奴に、どんな手が有効だと言うのだ？　神に多額の賄賂《わいろ》を贈ったような、いや、運命の神の弱味を握った奴を相手に、どう闘えと？」

「だとすれば……」

バルサロームは言った。「こちらも、神に縋ってみてはいかがでしょう？」

「バルサローム……」

ドムは、副官を見た。ときどきこの漢を、実の兄ではないかと感じるときがある。今がまさに、そうだった。

「そうだな。貴様の言う通りだ。俺は……女神を二人、いやふた柱、知っている」

ひと柱はシア・ハス。そして、もうひと柱は……。

「拝むと、しよう」

ラガンを呑み込んだガス状星雲、今は輝きを増しつつある一番星を凝視しながら、そう呟いた。

◆◆◆*

カツカツと、凄まじい勢いで雪花石膏《アラバスター》の床を駆け抜ける靴音が、緩いドームの天井に谺する。その真新しい刺繍に縫い取られた錦《にしき》のマントは、彼の真後ろに、その重さにも拘らずほぼ水平に靡いている。かつては夢にさえ見た五百十二艦提督への栄達さえも、これほどの衝撃と抱き合わせでは、ゆったりと想いを巡らし、感慨に浸っている心のゆとりなど、持ちようがない。

あれから状況は、二転三転、さらに激変した。

盟友ラガンを喪ったのが、つい昨日のように思える。だが、それが既に、銀河標準時間で数ヵ月の過去である。

たった数ヵ月で、ル・バラバ・ドムを取り巻く状況は急転直下とも言える変わりようだった。目覚める度にいちいち思い起こして、寝る前に脳裏に箇条書きにした状況を、把握し直さねばならぬほど、推移が激しい。

そしてつい先日、またもや新たな急転によって、にわかには立ち直れぬほどの衝撃を受けた。

いや、正確にはその事態によって、永遠の安らぎ（ドムはあの、タイラーと最後に合見えた日から熟睡したことはない）を奪い去られたのである。

信じたくはないが、受け容れるしかない。

ドムは血相を変えて、謁見の間へと続く重い扉を、自ら左右に推し開いた。その勢いに、本来は扉を開く役目の二名の衛士（彼らの手を借りずにこの扉を開くことは、本来ならば即刻斬死にも価する不敬罪であった）すら、たじろいだ。

「陛下！」

声高に、叫ぶ。「どうしても、私の口から申し上げねば！」

「落ち着くがよい」

やんわりと、窘められた。その声はまったく冷静ではあったが、重く、冷たく、沈んでいた。「そなたの気持ちも、察するがな」

「なんの！」

と、ドムは畏れ多くも昂《たかぶ》った声で反駁《はんばく》した。「後ろ盾を喪って、誰よりも打ちひしがれておられるのは、陛下ではございませぬか⁉　そのお気持ち、お察し致しますぞ」

「………」

ゴザ十六世は泪《なみだ》をいっぱいに湛えた双眸で、いまや唯一最大の味方となった若き提督を見た。「ドム」

「ここにおります」

ドムは畏まった。「臣ル・バラバ・ドム、ここに」

「よもや、あれほど万全の備えで臨んだ、ロナワーがなあ……」

つっと、その龍顔を伝って、一条の泪が流れた。「この上、そなたにもしものことがあっては……。ワングがどのような無理難題を押しつけようとも、朕の側を離れないでくれ。頼む」

その気持ちは、痛いほどわかる。「お願いじゃ」

「陛下……」

皇帝を目の当たりにして、ドムの激情は去った。いまや立場は逆転し、彼が皇帝を諫《いさ》める立場に。「僭越ながら申し上げます。もはやワングなど、恐れる価値もございませぬ。真に恐ろしきは、タイラー。ロナワー閣下の悲願、タイラー打倒の野望は、このドムめが引き継ぎましてございます」

「行くな、ドム」

なお声を震わせて、皇帝は曰《のたま》った。「行かんでくれ。この上、そなたに行かれては、朕は……」

「ご案じなさいますな、陛下」

なおいっそう、頭《こうべ》を低くする。その緋色の前髪は、ほとんど雪花石膏の床に付かんばかりであった。「このドム、陛下のお側で為せることは、そう多くはございませぬ。臣の本領は、まさに宇宙にあって、宇宙を駈けてこそ……。陛下のお力になれるとすれば、それは護り刀としてではなく、長槍として、微力を尽くす所存。どうか、御理解くださいませ」

「どうするつもりじゃ？」

ゴザ十六世は尋ねた。「ワングは、そなたを朕から引き離す為ならば、艦隊を与えもしようが、惑星連合宇宙軍、なかんずくタイラーへの、矢面に立たせようと画策しておるぞ。タイラーとそなた、両虎をけしかけて、どちらが斃れても、ワングの憂いは、ひとつ消えよう」

「ならば、ワングの思惑に、乗ってみようともいうもの……」

「ドム」

「あの漢、策謀家をもって自認しておるようですが、私の目から見れば、脇はたいそう、甘うございます」

「そうなのか？」

「御意」

自信たっぷりに、頷くドム。「先程も申し上げました通り、もはや臣の眼中には、ワングなどございませぬ」

「頼もしき言葉よな。些か安堵したぞ」

ルビーのような瞳で、ドムを見る。「しかし、タイラーに勝てるのか？」

「敢えて、勝たぬことに致しました」

「なに？」

「ロナワー閣下をもってしても一蹴してしまうタイラーの、神懸かり的な強運、いかで臣ごときが、抗えましょうや？」

「…………」

「閣下の二の舞にならぬよう、タイラーとの正面対決は極力避けます。むしろタイラーを、利用致します。ワングが『両虎の計』を臣とタイラーとに仕掛けようとしておるは明白。ならばこちらは、それを逆手に取り、そっくり同じ『両虎の計』を、ワングに仕向けてやる所存。まずは御覧《ごろう》じあれ」

「うむ、うむ！」

皇帝、身を乗り出す。十三歳の溌剌《はつらつ》とした表情は、やはりそれだけで気持ちがいいものだ。ドムは、その輝きを全身に浴びる栄誉に身を委ねた。爽快であった。

粉骨砕身《ふんこつさいしん》、総てを捧げて悔《く》いぬ。たとえ身は辺境の宙《そら》に虚しく果てようとも、顧みはせじ。

「期待しておるぞ！」

「御意ッ!!」

ドムはその五体を、御前に擲《なげう》った。

◆◆◆＊＊

「傷は、もう癒えたようだな」

「はて？　なんの傷でありましょう？」

以前にも増して艶やかさを増した切れ長の瞳が、長い睫の下からドムを見ている。死線を彷徨ったことなど、過ぎてしまえば勲章でもあるかのようだった。

この女は、靭《つよ》い。

陛下とは、また別のしなやかな靭さだ。

「長いこと、御心配を……。再びお側に従えること、嬉しゅうございます」

シア・ハスはやや頬を紅《あか》らめ、上目遣いにドムを見た。

「頼む。頼りにしている」

言葉は、それで足りた。「『ガルギュラン』の修理は？」

「万全です」

と、シア・ハス。「機関と火器管制システムを、そっくり換装《かんそう》致しました。オーバーホールと言うよりも、すっかり別の艦に生まれ変わったと言ったほうが近いかも……」

「結構」

満足げに、頷く。「『ドローメ』の側を付かず離れず、臨機応変に頼むぞ。八艦提督シア・ハス」

「御意……」

「ああ。それから……」

懐から、それを取り出す。「これは、そなたに返そう」

あの、ラガンが手渡したペンダント・トップであった。

「そもそも、そなたが貰ったものだ。身に着けておれば、ラガンも冥府《めいふ》で歓ぶ」

「今となっては、迷惑な……」

「そう言うな。奴は、どうやらそなたのこと、半ば以上本気であった」

「だから……迷惑なのです」

シア・ハスは目を伏せた。「そのような真っ直ぐな感情に、馴れてはおりませぬ故」

「ならば棄てるか？」

「いえ……」

躊躇いがちに、受け取った。「では一足お先に、お待ちしております、宇宙《そら》にて……」

真新しいマントを翻し、ハスはドックへと続く重力エレベーターへと消えた。

「シア・ハスも、長マントを纏う身分になりましたな」

少し離れた場所に控えていたバルサロームが現れて、感慨深げに言った。「しかし、マントを赦されたのをよいことに、その下はますます……。誰に見せようというのでしょうか？」

「あれも気概だ。そう目くじら立てるな」

「いえ……」

バルサロームは咳払いした。「なにも、その……悪いとは少しも……」

ただ、目のやり場に困るだけ。

「あのような女を、嫁にできる甲斐性ある男が、はたして……」

「さあな」

ドムは白い歯を見せた。

「さて、俺たちも行くか」

「はい」

バルサロームは、心から誇らしげに頷いた。

「タイラー捕獲作戦、発動です！」

発想の、転換だ。

討てぬものなら、生け捕ればよい。

手は、尽くした。伏線も、張れるだけ張った。

あとは、自らの運次第だ。

「俺に、タイラーの半分も運があるならば……」

試してみる価値はあると、ル・バラバ・ドムは思った。

◆◆◆＊＊＊

「ここしか、ない」

重力エレベーターの透明チューブ、漆黒を背景にしたその表面を鏡代わりにして、シア・ハスは頷いた。

チューブに映るその額の中央に、あの琥珀に封じ込められた赤ダイヤが、アクセントとして輝いていた。まるで、秘められた情熱のように。

「これでいい」

女性提督のティアラとして、表情も締まる。

「ラガン……。こんなあたしで、いいと言ってくれた人……」

ペンダントを手渡す前に、何度も出そうとしては引っ込めていた、あの表情が忘れられない。結局、悪党にはなれるはずのない漢であった。

「あたしはあの時……」

左の肩甲骨の下に走る深い創を自らなぞるかのように、その白い指を這わせるハス。まだ痛みはある。その、さらなる奥にある心の瑕《きず》は、生涯消えまい。「本当はドムさまではなく、あんたを庇ったんだよ……。ほっときゃドムさまの切《き》っ尖《さき》は、間違いなくあんたの心臓を、貫いていたろうからね」

チューブに映る自らの表情の情けなさに、シアは恥じ入った。その頬を彩る大粒の真珠は、その数を増すばかりだ。

こんな表情は、誰にも見せられない。

「さよなら、ラガン……」

ぐじゃぐじゃの表情で、シア・ハスは呟いた。

「けど、いつまでも、一緒だ……よ」

はぐれ鷺と曼珠沙華
SHIN MUSEKININ KANCHO TYLOR ReMix

ボック島の仮設飛行場にシャトルで降り立ったとき、何年かぶりで目にする気象現象が、コジロー・サカイ上飛曹《じょうひそう》を出迎えた。

「雨……か」

その単純な呼称すら、忘却の彼方《かなた》に追いやられかけていた。新鮮と言うなら、それは新鮮な驚きである。天からの水で体が濡《ぬ》れる。シャワーですら、宇宙空間を航行する空母のシャワーカプセル内では、風圧で強制的に循環《じゅんかん》されるだけで、自然には落ちてこないのだから……。

雲の色こそミルクティーに酷似《こくじ》したシナモン色で、ここが故郷でないことを否応なく思い起こさせはするものの、スコールをたっぷりと吸い込んだ土の香りには、記憶と寸分の違いもなく、あの頃と同じ懐《なつ》かしさを喚起《かんき》させるのだった。

すべて、宇宙では忘れていた。

「そうか。こんなのが……雨だったな」

コジロー・サカイは、どんよりとした空を見上げながら呟《つぶや》いてみる。映画のワンシーンを気取ったようで、我ながら陳腐《ちんぷ》だなとは思うが、それくらいの感慨《かんがい》はあってしかるべき状況だ。惑星の表面を自らの足で踏むのは、実に（銀河標準時間で）一年半ぶりのことだった。その間に、十七歳だった自分は十九歳になり、階級は二等飛行兵曹から上等飛行兵曹にすすんだ。撃墜《げきつい》スコアも順当に伸び、三十七機を数える。その中には重爆よりも撃墜至難と言われているラアルゴンの高速偵察機《ていさつき》、七人乗りの通称『ノスリ』も二機含まれていた。

若いとはいえ、既《すで》に立派な中堅パイロットで、三機編隊を指揮する分隊長というポストにある。その肩に、僅《わず》かな身辺の品、一切合切を放り込んだスーパー・ゴアテックス製のボマーズ・サック（と言ってわかりにくければ『信玄袋《しんげんぶくろ》』）を担《にな》い、滑走路《かっそうろ》脇に並ぶカマボコを並べたような兵舎と、それをさらに大きくしたような航空機用の掩体《えんたい》を眺《なが》める。そして、兵舎に向けて足を動かそうとした瞬間、そのあまりの重さに愕然《がくぜん》となった。

体が、とてつもなく重いのだ。

「膝《ひざ》が……なまってやがる」

無理もない。一年半ぶりの自然重力で、しかも急遽《きゅうきょ》決定した惑星降下で、重力下への慣熟《かんじゅく》期間も取っている余裕がなかった。

まさしく行き当たりバッタリで、作戦を立案した連中の狼狽《ろうばい》すら、窺《うかが》える泥縄《どろなわ》ぶりである。現場の連中には、ちゃんとそこまで見えている。

『ま、上がどうであろうと、俺たち下っ端はやるだけだけどな……』

その前に……と、コジローは、ほんの1Gの負荷《ふか》に音《ね》を上げている、自らの足を見詰めた。『この膝を、鍛《きた》え直《なお》さなきゃなんねえな』

我ながら情けないぜと、自嘲《じちょう》したくもなる。これでも自分は、エースなのだ。ただし、それは宇宙空間でのエースであって、大気圏内ではまだ一機のスコアも挙げてはいない、ズブの素人《しろうと》ではあるが……。

この機会に、重力圏下でのエースになっておくのも、悪くはない。馴《な》れれば五機くらいは、あっという間だろう。一回の出撃で、九機のバハムートを喰ったこともあるコジローである。

「ここは……赤道直下らしいな」

コジローの隣で、やはり同じ降下シャトルに乗ってきたタケオ・シラギクが、屈伸《くっしん》運動をしながら呟くように言った。「摂氏《せっし》二十八度ってとこか。炎天下なら、四十度は超えるって話だぜ。空母の中じゃ、考えられねえな。敵と闘う前に、まずこの熱さと湿気と、それから重力とも戦わなけりゃならんとは……えらいところに送り込まれちまったな」

「それは……敵さんも同じだ」

コジローはシラギクの毬栗頭《いがぐりあたま》を見ながら言った。諦《あきら》めではない。達観《たつかん》ともちがう。言うなれば、第一線パイロット、それも戦闘機パイロットとしての意地だ。

「覚悟できてるんだな、サカイは」

「サカイ上飛曹殿とか、分隊長殿と呼べ。シラギク一飛曹」

「わかったわかった。分隊長殿」

シラギクは苦笑交じりに、下半身を屈伸しつつコジローを見上げる。同期で、しかも年齢も同じ二人だが、コジローだけが先に、上飛曹に進級した。単に巡り合わせと撃墜数の差ではあろうが、シラギクとて非凡な戦闘機乗りである。否《いな》、むしろ安定感という点でなら、シラギクのほうが確実にコジローを凌駕《りょうが》している。コジローは一種天才的な野生の寵児《ちょうじ》ではあるが、ムラっ気と、好不調の波が激しい。空戦でヒヤっとしたことも一度や二度ではなく、むしろ日常茶飯事であった。肉を切らせて骨を断つタイプ。ボクシングで言えば、ガードもフットワークも無視して打ち合うファイターであった。ボクサーならば、パンチドランカーは必至であったろう。

「そう言えばおまえ……」

「上官をおまえとか呼ぶな。俺だからいいようなものの、営倉《えいそう》行きだぞ」

「悪ィ」

シラギクは、そうは言いつつも悪びれた様子もなくコジローを見た。「だけどまあ、おまえ以外の上官を呼び捨てにはせんよ。心配御無用だ」

「俺は……呼び捨てか」

「すまん。そのほうが、しっくりくるもんでな。だけど……おまえだってそうだろ？」

図星である。コジローは唐辛子《とうがらし》を嚙《か》んだように苦笑《にがわら》いした。二人とも、この状況に馴れていない。

MINE
YOSHIZAKI
2008

「まあ、星の数ではじきに追いつく」

「それでも、先任だぜ」

「なあに、追い越してやるさ」

二人の間では、階級の差は（仮に、ふたつ以上離れたとしても）大きな意味は為さないということか。それでいいとコジローは思う。

「サカイ上飛曹殿は……」

「よせやい」

その証拠《しょうこ》に、くすぐったい。

「サカイは、エアプレーンの操縦《そうじゅう》経験豊富だったな」

「経験と言えるかどうか……。レシプロエンジン、空冷星形九気筒の農薬散布用複葉機《ふくようき》だよ。たとえ大気圏内専用でも戦闘機と較べたら、オモチャみたいなもんさ。ま、俺なりに『魔改造』は目一杯してたけどな」

「それだって、まったく経験のない俺からすれば、雲泥《うんでい》の差ってやつさ。宜《よろ》しく御教授願うぜ。上官殿」

「あ、ああ……」

宇宙戦闘の経験しかないシラギクは、まったく屈託《くったく》のない瞳でコジローを見る。そばかすだらけの童顔で、まるで小学生のようなあどけない表情のこの相棒《あいぼう》に対し、コジローは妙に意識してしまうことがしばしばであった。邪心というものがないように見えるシラギクを、コジローの過大な自意識が持て余してしまうのである。いつか、俺はこいつに抜かれてしまうのだろうか。何も考えていないようなこいつに……という意識は、拭《ぬぐ》い難《がた》くコジローの中にあった。つい、心のどこかで身構えてしまう。その焦《あせ》りが常に、コジローを苛《さいな》む。

ある意味で、敵よりも恐ろしい。

そもそも、

それはまったく、先見の明というものの感じられない上層部の、場当たり的な方針から起こった、偶発的な作戦であった。

ただし、長期的な見識を欠いていたということに関しては、起こるべくして起こったという見方もできる。

宇宙空間で戦艦を駛《はし》らせるのに必要なハイパー・モリブデン合金と、装甲材であるマーテル鋼の主原料に欠かせないアルマニウムを含んだヘリオサイトの慢性的な欠乏（既に、めぼしい銀河中央圏では濫掘《らんくつ》により枯渇《こかつ》している）から急遽、採掘候補地として白羽の矢の立ったのは、スピカ宙域、シオ星系の四番惑星ファナデューであった。惑星連合宇宙軍はファナデューに対し、採掘用の支隊を派遣《はけん》する。高速の巡洋艦を主体とする小規模艦隊から作業部隊が大気圏降下、七つの大陸及び准大陸に展開し、主要な埋蔵地を押さえたまではよかった。

が、まったく同じその惑星ファナデュー（ラアルゴン側の呼称は『ボラング4』）には、既にラアルゴンも目を着けていた。考えてみればそれも当然で、ハイパー・モリブデンとヘリオサイト、二種のレアメタルが共に、それも大規模採掘作業に見合うだけの含有率で、埋蔵されている惑星など、銀河広しといえども限られている。惑星連合と長期戦闘状態にあるラアルゴンもまた、その宿敵とまったく同じく、二種の希少な鉱物に欠乏していたのである。

ほぼ同時多発的に、両陣営の採掘調査部隊はファナデューの至る所で鉢合わせした。偶発的かつ散発的な小規模戦闘は、あれよあれよという間に燎原《りょうげん》の火のように、惑星全土に拡大していった。そして、宇宙空間に飛び火するまでに、三日（この場合は、ファナデューの三自転周期という意味だが）と要しなかった。

それが、銀河標準時間にして数ヵ月前のことだ。

その結果、驚くほど皮肉かつ深刻な状況が出来《しゅったい》した。十一の星系を内包する広範囲な宙域での大規模戦闘が、たったひとつのちっぽけな（と言ってもほぼ地球と同大）ファナデューを巡って引き起こされたのである。併せて数千隻《せき》とも言われる両軍の艦隊は、それらの宙域で入り乱れ、ファナデュー採掘の覇権《はけん》を争い、激しく干戈《かんか》を交えたのである。コジローとシラギクの所属する空母『鸞鳳《らんほう》』も、それらの一連の闘いに転戦し、それなりの戦果をおさめ、また相応の犠牲《ぎせい》を払ってもいる。『鸞鳳《かくかく》』そのものは沈みこそしなかったものの、艦載機《かんさいき》がほぼ払底《ふってい》するまでに損耗《そんもう》した。赫々たる戦果と引き換えに、搭乗員の犠牲も夥《おびただ》しいものだった。

結論から言えば、結果は痛み分けであった。二ヵ月弱の戦闘で、喪《うしな》われた夥しい人命と損耗した資材とは、ファナデューの全資源的価値をもってしても、到底見合うものではなかった。

もはや、ファナデューでの資源採掘行為は、採算すら超えて両軍の面子《めんつ》の問題となっていた。惑星連合とラアルゴン、両陣営の地上部隊と洋上部隊は、大陸に、島嶼《とうしょ》に、海洋にと入り乱れ、互いに入り組んだ複雑な勢力圏図を構成している。今日、惑星連合のものだった島が明日にはラアルゴンのものとなり、また翌日には奪還《だっかん》されるといったことが、両極から赤道地帯まで、あらゆる地域で繰り広げられているという状況。

その争奪戦は、宇宙空間での戦闘が一段落した後も、いや、一段落した今こそ熾烈《しれつ》を極めていた。

双方の宇宙艦隊は、ファナデューを遠巻きに対峙《たいじ》し、ときおり思い出したかのように散発的な戦闘（その多くは、威嚇《いかく》レベル）を重ねつつ、地上への増援と、採掘物資の積み出しをシャトルによるピストン輸送で細々と、しかし連綿と続けるしかなかった。

それをやめてしまえば、もはや戦争の継続が不可能になる。

本当は、両軍の将兵の過半数が、そんなことは望んでいなかったのに……。

「これは、地球の草じゃないか」

滑走路脇に、抜いても抜いても繁茂《はんも》する緑色の雑草を見やりつつ、バンドウ大尉《たいい》が呟いた。「ヒガンバナ……だよな」

「どうやっても、駆除《くじょ》できません」

工兵部隊の下士官が、苦り切った表情で言う。「ブルドーザーで掘り返しても、三日もすれば、また生えてきて、原産地では有り得ない早さで生《お》い繁《しげ》ります。よほど、この惑星《ほし》の気候が、お気に召したんでしょう」

もとは、貨物かなにかに、紛れ込んでいたのだろうが。

「ファナデューの生態系は、ムチャクチャです。このままでは早晩、えらいことになると、生物学者たちは言うのでしょうが、生憎《あいにく》とこちらは門外漢でして……」

「そうでなくとも、戦闘で手一杯だ」

髭面《ひげづら》のバンドウ大尉は、渋面で双眼鏡を覗《のぞ》く。滑走路の脇は、と言うか滑走路でない地面は、見渡す限りの緑色で覆《おお》い尽《つ》くされている。ファナデューの在来植物の大半は紫味を帯びた鈍《にぶ》い褐色《かっしょく》なので、一目瞭然《いちもくりょうぜん》だ。在来種は明らかに、侵略者に駆逐《くちく》されている。「それにしても、ヒガンバナとはなあ……」

大尉の推測が正しければ、あと一週間もすれば、パイロットたちにとって気の滅入《めい》るような事態になる。季節というもののないファナデューの赤道地帯だが、そんなことはお構いなしに、ヒガンバナはこの地で最初の、開花時期を迎える。この成長ぶりからして、蕾《つぼみ》の大きさも、尋常ではなさそうだ。

不意に、
低い雲を切り裂くようにして、二機の銀色の機体が、翼を並べて降下してきた。

「おっ、来たな」

腕まくりした大尉の双眼鏡が、素早くその方向に向けられる。「う〜む。タービンエンジンの音というのも、こうしてみるとまんざらでもないな」

空気を吸い込み、化石燃料を燃焼させて翔《と》ぶ戦闘機など、一年前なら『前時代の遺《い》物《ぶつ》』の一言で片付けられ、一顧《いっこ》だにされなかったことであろう。それが今や、一躍《いちやく》花形だ。

揚力《ようりょく》、上昇限度、翼面荷重、空気抵抗……忘れ去られていた言葉ばかりだ。

「実に、約一世紀ぶりに新設計された、大気圏内専用機という触れ込みだからな」

いかにも頼もしげに、バンドウ大尉は呟く。その間もその窪《くぼ》んだ鋭い目は、接眼レンズから片時も離れない。「なんでも、七千年も前の、地球時代の戦闘機を参考にしたらしいな」

九九式局地戦闘機『新風』。

双発、可変翼、燃料はケロシン。最大速度はマッハ3クラスで、宇宙戦闘機とは比較にならない『低速』であるが、体感速度ではむしろ上回る。あっという間に景色の変わる驚きは、宇宙空間では望むべくもない。それよりもむしろパイロットたちにとって火急の要は、慣れない『上下』の感覚を叩《たた》き込《こ》むことかもしれなかった。習熟訓練は必須《ひっす》だが、敵はそれを待ってはくれない。

高度を変えて訓練飛行を続ける『新風』戦闘機の数が、見る間に増えていく。あちらに三機、こちらに五機……。しかし、どの機の飛び方も、どこか危なっかしい。ヨタヨタと翼が揺れる。無意味に可変翼を開閉し、徒《いたずら》に高度と速度を失う機体や、宙返りすら満足にできない機体も散見される。

しかもそれらの多くが、宇宙ではベテランの域に達したパイロットなのだ。

「『落ちる』ということがどういうことか、あいつらにはわかっていないんだろうな……。ま、この俺も含めてだが……」

双眼鏡を巡らせる大尉の手が、一瞬止まった。

「おや？」

格段によい動きをする一機に、眼が釘付《くぎづ》けとなる。誰《だれ》が見ても、その一機だけの技倆《ぎりょう》が、突出していた。パワーで飛ぶのではなく、空気の中に浮かぶということが、理屈ではなくわかっている感じだ。

機体ナンバー、Ｖ１０７……。

「あいつか」

思わず大尉の口許が、ニヤリとする。

「時速三千六百キロ……。この惑星を一周するだけで、十二時間もかかるのか……」

ピスト（搭乗員待機所）に戻ったコジロー・サカイは、ストローでエナジー・ドリンクをチャージしつつ呟いた。実際には最大速度をそこまで持続することも不可能だし、燃料を満載《まんさい》しても、それだけの航続距離はない。

加えて『キロ（メートル）』と『時間』とは、その惑星毎《ごと》に異なる。両極を通る全周を四万等分したものが、その惑星の『キロ』（ファナデューの場合は一・〇二二地球キロ）であり、自転周期を二十四等分したものが『一時間』（同五八地球分七・五地球秒）となる。ま、細かな誤差は無視してよかろう。

「しかし、燃費はいいな。宇宙戦闘機は、バカみたいにプロペラントを消費するからな。それに較べりゃ、可愛《かわい》いもんだ」

「水を得た魚だな、サカイ上飛曹」

振り向くと、バンドウ大尉の笑顔があった。「大気圏内の感触は、懐かしいか？」

「ずっとこっちでも、いいくらいですよ」

満面の笑みで、コジローは頷《うなず》く。「中には、宇宙から地面に降ろされるのは、『左遷《させん》』だと感じている搭乗員もいるみたいですがね。実際に翔んでみれば、そんなものはどこかへいっちまうってもんですよ」

「なるほどな」

バンドウ大尉は手にしていたチョコレートを、コジローにトスした。「差し入れだ」

チョコレートは思いもかけぬ勢いで飛んだ。それをコジローは、逆手《さかて》ながら巧《たく》みにキャッチする。

「すまん」

「宇宙空間の癖《くせ》、抜けてませんね」

白い歯を見せるコジロー。「早く地上に順応してください、隊長」

ここでの教官は、階級抜きでこいつに任せたほうがよさそうだなと、バンドウは真剣に考えはじめていた。確かにカップの水を床にこぼしてしまう者が後を絶たない。割ったチョコレートはいつまでもその辺に漂《ただよ》ってはいない。すべて、宇宙暮らしの『後遺症《こういしょう》』だ。

さらに怖いのは、ブラックアウトによる墜落《ついらく》だ。既に七機もの『新風』が、明らかにパイロットのブラックアウトが原因と思われる事故で喪われている。すべては、大気圏内ではどの程度のGまで大丈夫かという匙加減《さじかげん》がわからないことに起因する。これが宇宙空間なら、意識を喪っても『墜落』することはないのだが……。最悪でも『回収不能』になるだけの話だ。

「単純な飛行訓練でもこれだけ難渋《なんじゅう》している」

バンドウの表情から、笑顔が消えた。コジローも真顔になる。「射撃訓練、ましてや実戦ともなれば、どれだけ想定外の事態が起こるやら……」

「機銃……なんですよね」

「ああ」

頷くバンドウ。「AAMもあるが、主兵装《しゅへいそう》はあくまで、火薬式の機銃だ。レーザーは、大気圏内では減衰が激しくて、ほとんど使い物にならない」

「弾道が膨《ふく》らんだり、下落するということが、宇宙でしか戦闘経験のない連中にどこまでわかるでしょうか？」

「やってみればわかる……と言って、生き残れればの話だな」

「訓練の一環として、ショットガンによるクレー射撃をやらせてみてはどうでしょう？」

コジローの提案は、じきに容《い》れられることとなる。「重力下での、見越し射撃を体得するのに、あれは有効です」

「やったことがあるのか？」

「いえ……。ですが、ものの本に」

「試してみる価値はありそうだな」

頷く大尉。「ところで、対岸の施設には、行ってみたか？」

「いえ……」

「まだなら、今夜にも繰り出さないか」

「いえ、自分は……」

闊達《かったつ》だったコジローの表情が、曇《くも》る。「遠慮《えんりょ》しときます」

基地のあるボック島の、湾を挟んだ小島には、早くも慰安施設《いあんしせつ》ができており、活況《かっきょう》を呈《てい》している。軍の管轄ではなく、利に敏《さと》い民間業者の経営だ。カジノあり、酒場あり、もちろん、風俗営業もある。

コジローの、もっとも苦手とするところだ。

「おまえは、そういうところは実に真面目《まじめ》だな」

コジローを見るバンドウ大尉の視線は、兄のようだった。「飲まない打たない買わない。これで喧嘩《けんか》さえやらかさなきゃ、実に品行方正の鑑《かがみ》なんだが……」

「それは、言わんでください」

コジローは、子供のようにはにかんだ。

「こちら『鷹《たか》』リーダー。高度七千を維持」

ノイズがちな無線で、僚機《りょうき》に呼び掛ける。「これより散開し、格闘戦訓練に入る。旋回《せんかい》すると、高度を失うということだけ、頭に叩き込んどけ。ここには、地面ってもんがあるんだぞ。…………とか、くどいくらい言っても、おまえらは忘れちまうんだろうなあ」

最後のぼやきは、誰にも聞こえない独り言である。訓練生の中には、階級的には少尉や中尉といった、コジローにとっての上官もいるのだ。ただし、教官としての主導権は、完全にコジローが掌握《しょうあく》しており、また基地司令からも委任され、保証もされている。これは気分がいい。

「始める前に、ひとつ言っとく」

わざとぞんざいな口調で、全機に告げた。これも計算のうち。たかが下士官に偉《えら》そうに言われて、ムッとしない士官はいない。その反発が、忠告を聞き流させない。従うかどうかは各人の判断だが、とにかく耳には残る。「演習空域では、ラアルゴン編隊との接触も予想される。だがたとえ挑発《ちょうはつ》されても、絶対に乗るんじゃねえぞ。てめえらはまだ、空戦やらかすだけの技倆に達してねえ。以上」

『偉くなったもんですな、上飛曹』

シラギクの声だった。『てか、偉いのか？』

「黙れ、『隼《はやぶさ》』リーダー」

大気圏内では、それでも自分に次ぐ技量であるシラギクに、左翼は任せてある。「取《と》り敢《あ》えず、ケツの見張りは頼んだ」

自動警戒システムを、過信してはいけない。基本はあくまで、有視界戦闘なのだ。目の良《よ》し悪《あ》しが、ここでは死命を分かつ。

『それって宇宙時代から、一挙に逆戻りという訳ですか、教官殿』

サイヤー少尉と思《おぼ》しき声が言った。離陸前、ブリーフィング・ルームで面は見た。二十一歳か二歳の、生意気な青二才だ。技量はコジローから見れば、ヒコヨもいいところだが、父親が現役の少佐ということもあってか、コジローたち下士官連中など、歯牙《しが》にも掛けていないことは明白である。加えて、彼には有色人種への蔑視《べっし》もあった。『そうなると、サルから進化して間もない者が、断然有利というわけですなあ』

「ああ。そうですよ少尉殿」

コジローも空では大人だ。ぐっと言葉を呑み込む。「サル並みの技倆を、授《さず》けて差し上げますよ。もっともそちらに、教えを請《こ》うという謙虚《けんきょ》なお気持ちが、あればの話ですがね」

サイヤーが何かを、小声で返したが、コジローは敢えて無視した。

「ではまずは、バレル・ロールから……」

三日ほどで、せめてハイスピード・ヨーヨーくらいは仕込みたい。言ってみれば大気圏内対応パイロットの促成栽培《そくせいさいばい》だが、やってみせる自信はあった。そうでなければ、自分を推挙《すいきょ》してくれたバンドウ大尉に申し訳ない。

『新風』の武装は至ってシンプルだ。中距離のAAMが四発と、短距離用二発、それに23ミリ機銃が四門（各砲五百発）と、宇宙戦闘機の重武装に馴れた身には少々心許無《こころもとな》いくらいである。AAMは中距離用がレーダー追尾式の撃ちっ放し、短距離用に至っては赤外線追尾式（！）で、これは宇宙時代の感覚からすれば、ほとんど弓矢かブーメラン、機銃はさしずめ、火縄銃《ひなわじゅう》といったアナクロさである。しかし、そのプリミティヴな武装が、意外に有効であることは、その後の数ヵ月が、なによりも雄弁に証明することになるのだった。

演習なので機銃は実弾だが、中距離AAMは炸薬《さくやく》を装填《そうてん》していない訓練弾である。その他に、各機は欺瞞用《ぎまんよう》のチャフとフレアを装備している。いずれにせよ、技術的には『石器時代』のレベルであった。

つまり、各人の技倆に頼るところ大である。

極めて限定された期間と範囲内であるにせよ、まさにリヒトホーフェン時代の、再来とも言うべきか。

大気圏内用のAI戦闘システムが早晩開発されるにせよ、まずはそれに先立つデータ収集が必要という段階であった。それくらい、人類は大気圏内での空中戦を経験していない。言うなれば、戦術のエアポケットであった。

バレル・ロールをひと通りこなしたところで、模擬《もぎ》空戦となる。

まず、教官であるコジローが防禦《ぼうぎょ》側となり、『生徒』たちの攻撃を受ける。その後は攻守を入れ替え、コジローが攻撃側となる。教官として一目置かせる為にも、まずは技倆において圧倒的な差があることを見せつけてやる必要があった。でなければ、とても素直に言う事を聞くような教え子たちではないのだ。ほぼ全員、宇宙ではいっぱしのパイロットであり、しかも大半がエース。唯々諾々《いいだくだく》と従わないのは、なにもサイヤー一人に限ったことではない。

いよいよ模擬空戦に入ろうとしたところで、シラギクが短く叫《さけ》んだ。『ラアルゴンだ。上方三千、被《かぶ》られた！』

『サカイ！』

「チッ」

舌打ちするコジロー。しかし、それは不意の敵に対してではない。「呼び捨てかよ」

生徒たちの前で、呼び捨てはないだろう。特におまえは数少ない本当の部下じゃないか……。そう思いつつも、コジローの体は素早く反応していた。

「全員、降下しつつ散開しろ！　逃げることにだけ、専念してりゃいい！　敵は、俺とシラギクでなんとかする!!」

コジローの鷹の目は、レーダースコープに頼ることなく、早くも敵の数を勘定《かんじょう》している。黒い機影はパッと目に着いただけで十六を数え、その悉《ことごと》くがワレ（友軍）に対して優位な高度を占めている。レーダーにも映ってはいないが、まだどこに伏兵が潜《ひそ》んでいるかもわからない。

『カレ（敵機）を確認』

シラギクからも冷静な声で、報告があった。さすがだ。『十五乃至《ないし》六。敵も大気圏内専用タイプだ。識別表にはないが、Ｆ（戦闘機）もしくはＦＢ（戦闘爆撃機）と思われる。ジェット推進。少なくとも、超音速タイプ』

だろうな。ラアルゴンのバハムート戦闘機には、大気圏内飛行能力はない。敵も味方も、急いで拵《こしら》えた大気圏内専用機というわけだ。となれば、その実力は互いに未知数……。

「ラアルゴンにも、ライト兄弟はいたのかな？」

『さあな』

シラギクの声は、普段の温和な声ではない。豹変《ひょうへん》とまではいかないが、彼とても空戦となれば、単なる『いい奴《やつ》』ではない。『だが、宇宙空間に出る前に、紙飛行機くらい折った奴はいるだろうぜ』

距離が詰まるに従って、敵機のディティールが見えてきた。固定式の、小さなデルタ翼を持つ単発ジェット機で、機首にある丸いエア・インテイクの中央にはショックコーンを持っている。構造そのものは『新風』よりも小型で単純だが、量産性は高そうだ。まったくの偶然だろうが、航空博物館で見た、地球時代の発掘戦闘機に酷似《こくじ》していた。

「ミラージュ?」

『どちらかと言えば、ミグのパクリだな』

参考くらいにには、したかもしれない。一から大気圏内機を設計している余裕は、敵にもなかったろう。『新風』が、F14『トムキャット』とF15『イーグル』を参考にしているように……。

「面白い」

コジローは、無線機に向かって呼び掛けた。「今後、あのFを『ラーミグ』のコードネームで呼ぶことにするぞ。ラアルゴンのミグってことだ」

第一遭遇者《そうぐうしゃ》の特権である。

『そのセンスはいかがなもんでしょう?』

さっそく、サイヤー少尉が嚙み付いてきた。『形状からして、「フィッシュベッド2」あたりが、適当ではないでしょうか?』

「ラーミグと言ったら、ラーミグだ!!」

ここは断固として譲《ゆず》れない。「ラーミグで決まりだからな」

『ラジャー』

不承《ふしょう》ぶしょう、追認する声。だがサイヤーがおとなしく折れたのは、そこまでだった。彼の『新風』だけが、翼を翻《ひるがえ》す。

「鷹3《スリー》！　編隊を乱すな!!」

『これは実戦だ』

サイヤーの声は、あからさまにコジローを無視している。『演習ならともかく、実戦で上飛曹ごときの命令は受けねえよ！』

「実戦に入ることを許可した覚えはないぞ」

コジローはエンジンをオーバーブーストで吹かし、アフターバーナーに点火した。推力、二百%。たちまちサイヤー機と、翼を並べる。バブルキャノピー越しに、サイヤーのふてぶてしい表情が見える。「下がってろ、サイヤー」

『俺は上官だぜ』

「指揮権は、こちらにある」

『では……』

ヘルメット越しに、彼が嘲《ちょうしょう》笑したように見えた。『続きは、軍事法廷で……』

サイヤー機が、翼を翻す。可変翼が絞られた。

「あの野郎……」

『おまえまで熱くなるな、サカイ』

シラギクの声が宥《なだ》めるように響く。『カッカしたら、負けだ。本当の敵を見失うな』

「わかってる」

コジローは押し殺した声で頷いた。「俺が指揮官のときに、一機の犠牲も出したくねえのよ。たとえそれが、どんな大馬鹿野郎でもな」

いきなり、ラーミグがAAMを撃ってきた。オレンジ色の閃光《せんこう》が、紅茶色のファナデューの空に映《は》える。発射したのは先頭にいた三機で、数は各機二、計六発。

「どっちだ!?」

レーダー誘導か、それとも赤外線追尾かわからない。取り敢えず、手は機敏《きびん》に反応し、チャフとフレアを同時に散布。そのフレアに、敵ミサイルは欺瞞され、喰い付いた。

「なんでえ今どき赤外線かよ……」

お互い様である。AAMは全弾、回避された。中でも二発は、太陽に向けて見えなくなるまで上昇していった。そうでなくとも常に曇天《どんてん》であるファナデューの赤道地帯では、雲は大量の赤外線を輻射《ふくしゃ》しており、追尾は難しい。より巨大な熱源である、ファナデューの太陽に吸い寄せられる確率は高いのだ。奇《く》しくも、ジェット時代の黎明期《れいめいき》のドタバタを再現しているかのような闘いだ。

「お互い、試行錯誤中《しこうさくご》ってことで……」

コジローはＡＡＭの回避を確認すると、サイヤー機を目で捜した。さすがに彼も現役パイロット、ミサイルをやり過ごし、手近なラーミグの編隊に向けて、グングン上昇していく。双発のアドバンテージで、『新風』のほうが加速も、上昇力も高いようだ。

「サイヤー！　格闘戦には入るな!!　運動性は、単発に分があるんだ。ドッグファイトに誘い込まれたら、それだけでビハインドだぞ！」

『だから、てめえの指図《さしず》は受けねえ！』

「くそッ……」

唇《くちびる》を噛んで、それでもサイヤー機のサポート位置に就《つ》こうとする。

それを、二機のラーミグが妨害した。

「邪魔《じゃま》すんな！」

コジローは考えるよりも早く、セレクターレバーを操作し、同時に指先は、スティックのトリガーを絞っていた。

発射されたのは、炸薬抜きの訓練用中距離ＡＡＭ。しかも、最短誘導開始距離を割っていた。しかし、発射された弾体はものの見事に、ラーミグのコクピットを下から上に貫いている。距離は、おそらく百メートルを切っていただろう。完璧《かんぺき》なカウンター、それもクロス・カウンターである。何百分の一秒後に、二機は数メートルの距離ですれ違い、コクピットを破壊されたラーミグは空中で裏返ると、やがてコクピットから圧壊して、空中分解した。

『教本にも載《の》ってねえぞ！』

ヒヤっとさせるなという声で、シラギク。『サポートする身にもなれ!!　このセオリー無視野郎！』

「載ってねえから、有効なのよ」

嘯《うそぶ》くコジロー。「しかし、大気圏内戦闘では、衝突の可能性も無視できねえな。攻撃直後に、いかにして敵を回避するかも重要な課題だ。皆、今のでよくわかったろう……」

『わかり過ぎだぜ』

シラギクの声は、呆《あき》れを通り越して笑っていた。

その間に、サイヤー機はラーミグの一機と激しいドッグファイトに入っている。

「そのGで、三周以上廻《まわ》るなサイヤー！」

コジローの声は、親身に溢《あふ》れている。「レッドアウトするぞ！」

激しいGで、頭に血が集中するのがレッドアウト、その反対が、ブラックアウト。共に、パイロットにとっては命取りだ。

『後ろに付けたぞ！』

勝ち誇ったサイヤーの声。まるで周囲が見えていない。まずいなと、コジローは思った。自分にも、かつてそういう時期があった。

サイヤー機が、機銃を発射するのが見えた。曳光弾《えいこうだん》が赤い尾を曳《ひ》いて飛ぶ。

しかし……。

『なんでだ!?』

サイヤーの声が、驚愕《きょうがく》と焦りに取って代わられた。『なんで、当たらねえんだ!?』

サイヤー機の弾丸は、悉く旋回の外側にずれている。照準が正確であればあるほど。

おまけに、トリガーを絞りっ放しで、あれでは十秒と経たずに、弾丸が尽きてしまう。

「見越し角だ、サイヤー!」

叫ぶコジロー。「敵の内側、機体一個半分先を狙《ねら》え!」

『そんなこと……言われたって……』

サイヤーの声が、力なく間延びする。同時にサイヤー機が、旋回からフラリと脱落するのが見えた。

「落ちやがった……」

レッドアウトだ。「サイヤー!」

コジローはスロットル全開、錐揉《きりも》みで墜落するサイヤー機を追う。

「引き起こせ、サイヤー!」

だがキャノピーの中で、サイヤーは計器パネルに突っ伏したまま動かない。

「サイヤー！」

そのコジロー機を追って肉薄する、二機のラーミグ。

が、そのどちらもが直後に、火球と化した。

「サカイ！」

シラギクは、どこまでも頼れるバディである。「ったく、なんて世話の焼ける編隊長だよ……」

まあ、フォローのし甲斐《がい》は、それなりにあるのだが。

最後の手段、コジローはぐんぐんと高度を下げるサイヤー機の下腹に潜り込むかのように、機のベクトルを合わせた。

「サイヤー！」

宇宙戦闘機では、到底考えられない行動を、彼は躊躇《ちゅうちょ》なく選択する。

それは、自機の翼端を、サイヤーの機の翼端に接触させることであった。

カツーンという小さくはない衝撃《しょうげき》が、失神していたサイヤーを、我に返らせる。

洋上数百メートル、辛《かろ》うじて彼は引き起こしに成功した。それを見届けた為に、コジロー自身の引き起こしは、さらにコンマ数秒遅れた。命取りになって、おかしくはない時間のロスであった。

波頭を逆立てて上昇したとき、コジロー機と海面との距離は、正味十メートルあったかどうか……。

気が付くと、ラーミグの編隊は、跡形もなく消えていた。見事な遁走《とんそう》ぶりだ。

「カレ撃墜三機、ワレ損害ゼロです」

との報告に、

「結果的にはな……」

バンドウ大尉は、デスクで渋い表情を見せた。「皆の報告を総合する限り、貴様は、指揮官には不向きだと断ずるほかないよ」

「…………はい」

コジローとて、それくらいは理解している。

「むしろ指揮官の器なのは……」

バンドウが、シラギクに向き直る。「貴様のようだ。目配りが違う」

恐縮したように、シラギクは赤面した。

「次回の演習では、シラギクが教官役で、サカイはテクニカル・サポートに徹《てつ》するということでどうかな？」

「お言葉ですが、隊長」

シラギクが言った。「テクニカル・サポートと言われますが、サカイのテクニックは、誰にでも真似《まね》のできるものではなく。ましてや、あまりに危険で乱暴で、結果オーライであります。今回の行動のどれひとつとってみても、一歩間違えば大惨事であり、とても勧められるものでは……」

「…………だな」

苦笑する大尉。「サカイ上飛曹、報告書を提出しろ。詳細にな」

「はい」

事実上の、始末書である。

「しかしまあ……」

バンドウ大尉はデスクを立ち、窓際に歩み寄った。「敵も味方も、馴れない大気圏内戦闘で、難渋しておるよ」

ブラインドを上げる。滑走路の脇が、真っ赤だ。

滑走路脇のヒガンバナが、一斉にその花を開いたのだ。血のような、毒々しいまでの曼珠沙華《まんじゆしやげ》だ。

「貴様らにもしものことがあれば、生き残った者はどんな気持ちで、あの曼珠沙華を見ねばならんと思う？」

「浅慮《せんりよ》でした」

コジローは頭を垂れた。「肝《きも》に銘《めい》じます」

「いずれにせよ……」

バンドウ大尉は、唇をぎゅっと噛んだ。「こいつは、とんでもない消耗戦になるなあ……」

もっとも忌避《きひ》すべき状況であった。


試行錯誤による現地改良を重ねながら、『新風』は補充されていった。当初の梱包《こんぽう》状態から時を置かずしてノックダウン生産となり、いずれは原材料から、完全な現地でのライセンス生産に移行しかねない勢いであった。それだけの資源がファナデューにはあり、工場施設の移設も可能であった。

だが、ラアルゴンも時を同じくして着実に増強されていく。こうなると、より生産性の高いラーミグのほうが有利であった。撃墜比でいえば二対一で『新風』優位だが、新風を二機生産する資材と工業力で、ラアルゴンはラーミグを三・五機生産できるのだった。

だが、惑星連合としては『新風』の設計を簡略化するという決断には、どうしても踏《ふ》み切《き》れない。むしろ、生産性を落としてでも、性能向上の方向に奔《はし》ってしまう。

と同時に、機種も用途により細分化され、生産ラインはますます混乱した。

エンジンを強化した写真偵察型、単発エンジンに換装《かんそう》して操縦性を向上させかつ容易化させた複座練習型、そして、やはり複座で、爆弾を最大十二トン積める戦闘爆撃型……といった具合である。

本来の主力であった『新風』の単座型も、僅か一ヵ月ばかりで改良に改良を加え、『新風改』と呼ばれる最新型にリファインされていた。ソフト面でもブラッシュアップされ、戦訓により、仮にパイロットが意識を喪失しても自動回復装置がはたらく。AAMも八発に強化され、命中率も大幅に向上した。また、後方警戒《けいかい》レーダーの信頼性も、飛躍的《ひやくてき》に向上している。

ただし、それでも機銃が主兵装であることには変わりない。オーバーヘッド・ディスプレイには、その時のGにより、自動的に修正された照準位置が示されるようになった。すべて、実戦に則した逐次《ちくじ》改良である。

そして、それは敵もまた、同じことであった。

ラーミグの性能向上も目覚ましい。小さな機体に推力が増し、実によく回る。撃墜・回収した機体の調査では、味方の整備士が嫉妬《しっと》した。性能に比較して、整備が、実に簡便なのである。性能維持に高度な技術と熟練を要する『新風改』との差は大きかった。

そして、それはファナデューのような、補給系統の混乱した最前線においては、ますます大きな意味をもってくるのだった。

惑星連合宇宙軍は、実際の戦闘の前に、まず量産戦争で水をあけられつつあった。

「明日の出撃は、俺が自ら、護衛戦闘機隊を率いる」

ブリーフィング・ルームに集結した面々を前に、バンドウ大尉は言った。この数ヵ月で、げっそりと頰《ほお》がこけ、ただ眼光の鋭さばかりが異様なまでに増している。数えきれないほどの部下を失ったせいもあろう。まだ三十前なのに、別人のように老け込んでいた。「任務は、パレン半島にあるラアルゴン採掘基地への低高度精密爆撃だ。つまり、採掘妨害だな」

今まで、直截《ちょくせつ》な相互の採掘施設への攻撃は、意識的に控《ひか》えられてきた。やれば、報復《ほうふく》は必至であったからである。しかし、劣勢の惑星連合としては、いよいよ背に腹は替えられなくなったということだ。先制の奇襲《きしゅう》攻撃で、より多くの戦果を挙げ、かつ敵の報復攻撃は事前に予想されるから、予《あらかじ》め縦深《じゅうしん》な防空網で待ち受け、返り討ちにしようという作戦である。筋書き通りに運べば、結構なことだが……。

「アップ、ネイビン、ロッカ……周辺一帯の前線航空基地が挙《こぞ》って参加する。爆撃隊だけで百を超える。我々護衛戦闘機隊は爆撃には参加せず、専《もっぱ》ら上がって来る敵の迎撃機《げいげきき》だけを相手にする。どうだ。単純でわかり易《やす》かろうが。なにか質問は？」

シラギクが、さっと挙手した。

「当然、ラーミグの猛烈な邀撃《ようげき》が予想されますね」

「その通りだ」

腕組みしたまま頷く、大尉。「心してかからねばな。シラギク上飛曹」

シラギクも先日、上飛曹に進級していた。圧倒的に技量もありスコアも確実に伸ばすが、スタンドプレーの目立つサカイと違って、隊員たちの信頼も厚かった。

「では、編成を発表する。サカイとシラギクは、俺の僚機に就いてくれ」

ひさびさに空に上がるバンドウ大尉は、万全を期して自らの両脇を固めるつもりだ。

彼自身非凡なパイロットだが、ブランクが大きい。特に大気圏内での慣熟飛行は、数えるほどしか行っていない。まして、実戦は赴任以来、これが初めて……。

「了解」

「了解しました」

「シラギクが二番機、サカイは三番機に就け」

「ちょっと待ってください」

さすがにそれは、承服しかねる。「大尉殿。なんで俺が、三番機なんですか？」

階級は同じ上飛曹だが、自分が先任だという自負がある。

たとえ同期でも、否、同期であるだけに、シラギクにだけは後《おく》れを取りたくない。

「不服か？」

鋭い眼を向けられた。

「それが自分への……評価なんですか？」

「そう考えるなら、そうしろ」

「…………」

「シラギクには、俺を護ってもらいたい。それがきっちりできるのは、貴様よりもシラギクだ」

「それは……」

認めざるを得ない。確かに自分がバンドウ大尉でも、そうする。

「三番機は遊撃としての性格が強い。サカイ、貴様は好きに動け。好き勝手に動いてこその貴様だ。そう考えてはどうだ？」

「それなら……まあ……」

それでも、どうしてもわだかまりは残る。少なくとも大尉は、自分よりも堅実なシラギクをより評価している。

仲間に頼られてなんぼの戦闘機乗りとしては、それがどうにもこうにも、やりきれないのだ。

「それから、これだけは言っておく」

大尉の眼光が、コジローの心を見透かしたかのように射る。「任務はあくまで、爆撃隊の直衛だぞ。深追いだけはするな」

「…………わかってますよ」

傷付いたプライドのせいか、突慳貪《つっけんどん》な物言いになった。

「ま、頼んだぞ」

肩に置かれた手も、虚しい。

コジローはこういう面、実はナイーヴなのかもしれない。

「畜生！　しっかり筒抜けじゃねえか!!」

対空砲火が、濃密だ。明らかに、敵はこの攻撃を予想して、兵力を集中していた。事前に情報が漏《も》れたとしか、考えにくい。

奇襲とはならず、完全な強襲になってしまった。相当な犠牲が出るのではないか。

『落ち着け』

バンドウ大尉の声が、太く響く。『浮き足立つな。こういう状況だからこそ、各人の仕事をきっちりこなせ』

「言われなくとも……」

コジローは自分めがけて発射された地対空ミサイルを巧みな操縦で躱《かわ》した。しかし爆弾を満載し、動きの鈍い戦闘爆撃仕様の爆撃専任隊は、一機また一機と、精確な対空砲火に喰われていく。この調子では目標である敵の採掘地に到達する前に、半減しかねない。

『サカイ！』

シラギクの声だ。『地上砲火にばかり気を取られるな。上空もしっかりと、警戒していろよ。眼のいい俺たちが、気を付けなけりゃ』

「へっ！」

シラギクへのあからさまな対抗心から、拗《す》ねたような口調でコジローは返した。「こんな時にも、冷静なこって。さすがは規範パイロット」

『馬鹿なこと言ってねえで、しっかり空を見ろ！』

「わかってる。俺を誰だと思ってる!?」

『三番機だ。俺の列機だ。下位のな』

「…………」

ぐうの音も出ない。コジローは怒りと恥ずかしさで頭が真っ白になった。

『上方にレーダー反応！　敵機です』

揚句《あげく》に発見第一報の手柄まで、遥《はる》かに力量の劣《おと》る、よその基地の奴に取られる始末。

まったく今日は、どうかしている。

『ちょっと待て……』

必死に冷静を装《よそお》うとしているバンドウ大尉の声だった。『このスピードだと、マッハ四、いや、マッハ五近く、出していることにならんか？』

レーダースクリーンを移動する光点の動きは、それくらい速い。

『サカイ、視力七・〇のおまえなら、見えないか？』

大尉の声が言った。『レーダーの間違いでなければ、十時の方向に間もなく見えるはずだが……』

「ちょっと待ってください」

コジローは必死に眼を凝《こ》らした。「マッハ五って、有り得ねえでしょうが……」

キラン、と、ミルクティー色の澱《よど》んだ空に、それが光った。

「マジかよ……」

敵は、三機。それがたちまち、六機、十機、二十機と増える。

「いた！」

ラーミグではない。明らかにシルエットが別物だ。

「あれは……」

ぞくっと、背筋を走り抜ける悪寒があった。「アンノウンだ」

新型が、投入されたという情報は、聞いていない。しかし、詳細に見なくとも、それが今までに遭遇《そうぐう》したどんな戦闘機とも別物だということくらいはわかる。

卓抜《たくばつ》した、性能をもっているであろうことも……。

『汎用《はんよう》タイプだ』

シラギクの声が、冷たい。『敵は、宇宙と大気圏の両用タイプだぞ。大気圏に突入し、そのまま戦闘できるやつだ』

「それって……」

コジローは唸《うな》った。「反則じゃねえか！」

『戦争にルールはないが……まあ、レギュレーション違反ではあるな』

言ってみればサーキットでの市販車レースに、フォーミュラー・マシンが持ち込まれたようなものだ。円錐形《えんすいけい》の胴体をした巨大な敵は、小さな翼で無理やり翔んでいる感じがする。宇宙空間では翼は無用の長物であるから、それも当然ではある。

「エンジンは、どうなってやがるんだ？」

『おそらく……』

大尉の声は、冷静だ。『宇宙ではバハムートと同じ強制プロペラント、そして、大気圏内では複合ラムジェットで、緊急時にはブースター兼用というところだろうな』

その気になれば、マッハいくつ出せるのか、予想もつかない。こちらが優るのは、小回りくらいなものか。

『どうします？』

『仕掛けてくるまで、不用意に動くな。かえって速度差があり過ぎて、攻撃も一瞬だ。主導権は握られたが、徒に仕掛けて、高度と速度の優位を失いたくはないだろう。格闘戦になれば大気圏内専用のワレが圧倒的に有利だが、カレも馬鹿じゃない。おいそれとは乗ってこないだろうからな』

『了解』

頷くシラギク。『このまま編隊を乱さず、カレの出方を待つということですね』

ふと、脇を見るシラギク。いるべき機体がそこにいない。

『サカイ？』

低い雲に反響するような、くぐもったズーム音。アフターバーナー全開だ。

『サカイ！　無茶するな!!　敵は……』

「待ってるより、仕掛けてやるぜ！」

コジローは操縦桿《そうじゅうかん》を抱くように胸に引き寄せた。「汎用タイプが、なんぼのもんよ！どのみち欲張り過ぎて、どっちの性能も中途半端に決まってる！」

『馬鹿者！』

バンドウ大尉の叱責《しっせき》が飛んだ。『それが、罠《わな》なんだ。新型のあからさまなデモンストレーションこそが、陽動なのだと何故《なぜ》気付かん!?』

しかし、言ってから大尉も気付いた。

サカイの若さに、それは酷《こく》だ。

上昇していく機体を、見送るしかない。

『シラギク』

『はい』

『俺の予想では、敵の主力は反対から来るぞ』

『自分も……』

努めて押し殺した、シラギクの声。『そう思ってました』

やがてレーダーに、反応があった。

スクリーンを光点で埋め尽くす、雲霞《うんか》の如きラーミグの大編隊……。

『おいでなすったぞ』

大尉は呟く。『シラギク……側《そば》を離れんでいてくれ』

『もちろんですよ』

やはり、彼を二番機に指名した判断は、間違いではなかった。

彼我《ひが》の差は、敵が約二倍。ありったけの戦力を掻《か》き集《あつ》め、満を持して待ち受けていたのは、敵の方だった。

『いい面の皮だな』

もはや選択の余地はない。バンドウ大尉は、覚悟を決めた。

『全機、心して突っ込め！　正念場だ!!』

まずは、両軍から放たれたＡＡＭ同士が、激しく交錯《こうさく》した。紅茶色の空をバックに、黒い点とオレンジ色の花が、盛大に咲き誇る。

両軍は、正面から激突して入り乱れた。乱戦だ。


「まったく追い付けねえ」

機体の性能差は、一目瞭然。そんなことは最初から、わかっている。

しかし、コジローは焦った。抜け駆けした手前、是が非でも手土産《てみやげ》は欲しい。

新型機の撃墜、あわよくば、そのデータ解析という、手柄がどうしても欲しかった。

コジローの視界からは、眼前の敵機以外の一切のものが流れるように消え去り、感覚さえ、そこに集約していった。脳裏からは、自分自身と新型機を除く悉くが捨象《しやしよう》され、ただ、かつての自分の姿だけが、そこに重なった。

機体性能の限界を超えた推力全開の急上昇が、ひどい揺れと振動を生じさせる。その激しいフラッターのなか、コジローの脳裏には、いくつもの声が谺《こだま》して聞こえた。

「凄《すご》いなあ、サカイ・ファームのコジロー坊は……」

「まだ小学生なのに、もう複葉機の操縦ができるってよ」

「飛行機に関しちゃ、神童だべ」

「ケンカも強えしよ。こないだも、中学生を、ガチで負かしたって……」

「なあにが神童なもんかよ。この植民星始まって以来の、悪童だっぺさ」

「よその子怪我《けが》だらけにしちゃ、またあの母親が、近所中に謝って回ってるってナ」

「あのおっ母も気の毒だっぺ。生《な》さぬ仲《なか》の後妻なのにナ。あんな継子《ままこ》がいちゃ、苦労するっぺよ」

「さっぱり懐かない童《ワラス》のために、頭ば下げて……」

「でも、不思議と連れ子の弟とは、仲がいいべな」

「あの一コ違いの、ケンサクか」

「あの子は優秀だナ。勉強もできるしよ」

「神童と言うなら、ケンサクこそ、神童だっぺさ。先が楽しみってもんさ。実の親父でさえ、兄貴のコジローさ見放して、連れ子ケンサクばっか可愛がってるって言うべ」

「その正反対の二人が、仲ええのも不思議っちゃ不思議だナ」

「正反対だからよ。悪童と神童。ケンサクは木登りもできねえ虚弱体質、二人で、互いにねえとこを補ってるのよ」

「そういうもんかえ……」

「そうサ」

「うるせえ！」

コジローは、コクピットで思わず叫んでいた。「てめえらに、何がわかる！」

無理な急上昇を続ける『新風改』の機体には、あちこちガタがき始めている。既にパーツの剝落《はくらく》が、始まっているようだ。計器類も正しい数字を示さない。ただ二基の、推力二・四トンの『極星』ターボジェットエンジンだけが無類に快調だった。

ファナデューの成層圏は、気味悪いくらいに青黒い。ともすれば意識が、吸い込まれそうになる。

嘲笑《あざわら》うかのように遥か上空を翔ぶ敵の一機だけが、遅れがちなことに、コジローは一縷《いちる》の望みを懸けていた。新型にありがちの不調か。喘《あえ》ぐように断続的な排気を出している。宇宙空間と大気圏内両用という欲張った設計に、そもそも無理があるのだ。コスト的にも稼働率から見ても、割り切って別々に調達したほうが歩留《ぶど》まりがいいに決まっている。

現に惑星連合宇宙軍では、早々にその試みを断念し、大気圏内専用の廉価版《れんかばん》と割り切ったところから、『新風』シリーズが生まれた。これはこれで、なかなかの名機である。それに対しラアルゴンは、『新風』よりもさらに簡略化されたラーミグを急遽調達するその一方で、この高価な最新型とのハイ・ロー・ミックス戦略を取るつもりらしい。

　不調の一機を、ついにコジローは捉えた。

　サブスコープの望遠画像に、新型機のディティールが映る。大気圏突入用に特殊タイル（おそらく金属ではなく、ハイパーセラミックだ）を不規則に、細かく貼った表面のフィニッシュまでが子細《しさい》に見える。タイルは複雑に陽光を反射し、本来の鈍い鉛色が、角度によっては鮮やかな虹色に見える。

　火器管制スクリーンのランプが、オレンジから鮮やかなグリーンに変わった。

　新型汎用ＡＡＭ『ペリグリン』の有効射程内に入った。

「もらったぜ！」

　コジローの右手人差し指が、その先と腹とでセレクターとトリガーを同時に押し込んだ。だが発射しない。故障《こしょう》だ。

「チッ!!」

　舌打ちしつつも即座にセレクターを切り替えるや、機銃を試射してみる。

　四門の機銃がドドッと、それぞれ十発ほどの弾丸を吐き出す。機銃は生きている。だが当てるには、さらに肉薄せねばならない。

「やってやらァ!!」

　コジローは、唇を噛んだ。

『サカイ上飛曹！』

どこかで、コジローを呼ぶ声が聞こえたような気がした。『サカイ上飛曹！　どこですか!?　返答願います！』

だが、コジローの耳には届かない。

「誰だよ……」

我知らず、コジローは呟いていた。「俺を気安く、呼ぶんじゃねえよ」


「コジロー兄さん」

その声に、十三歳のコジローは不機嫌そうに振り向いた。

「俺を気安く、呼ぶんじゃねえよ」

眼鏡《めがね》の秀才を睨《にら》み付けると、痣《あざ》だらけの頬を向けた。「てめえはよ、たまたま親父の新しい奥さんの息子《むすこ》であって、俺の弟じゃねえんだ。同居してるだけであって、他人よ。タ・ニ・ン」

「わかってる」

ケンサクは頷いた。その頬が紅潮している。声は弾んでいた。「けどさ、その他人の為に、ここまでしてくれる人はいないよね」

コジローの足下には、たった今叩きのめしたばかりの、湯気の立つような怪我人が五人ばかり、這《は》いずりながら呻《うめ》いていた。

「同居人にちょっかいを出されて、俺も黙っちゃいられねえからな」

熱い拳《こぶし》で頬をさすりながら、コジロー。「ケンサク、おまえも少しは、自力で凌《しの》ぐ術《すべ》ってもんを学べ。いつまでも苛《いじ》められっ子のまんまじゃ、おまえの母さんだって悲しむってもんだぜ」

「いいんだ」

ケンサクはコジローの野放図《のほうず》なまでの強さに、無条件で憧《あこが》れている。眼鏡の奥の瞳が、なによりも雄弁だ。「僕は、このまんまでいいんだ。兄さんがいるからね」

「兄さんと呼ぶな！」

「僕には、兄さんだよ。強い、カッコいい、自慢《じまん》の兄さんだ。惚《ほ》れぼれする」

「…………」

怒鳴《どな》られても、威嚇されても、うるさそうに追い払われても、たまに手を上げられても、臆《おく》することなく、一貫してコジローを慕《した》い続けるケンサクの態度には、コジローも一目置いていた。だからこそ、頭の蠅《はえ》は追ってやる。時には少々、無理もして……。

「てめえみたいな金魚の糞《ふん》がいて、俺がどれだけ迷惑していると思う？」

「迷惑かけてるのは、わかる。けど、いつか返すよ」

「いらねえよ。返すなら、俺にじゃなく、親父や母……いや、あの女にしろ。おまえはサカイ家の、期待の星なんだからよ」

「そうだね。ともかく分業でいこうよ、兄さん」

「分業？」

「兄さんは戦闘機パイロット、僕は科学者。二人で頑張《がんば》ろう」

「なるほど」

頷くコジロー。「わかった。わかったから、もう付きまとうんじゃねえ」


「うおおおお！」

気迫が、叫びになった。

四門の機銃のトリガーを、引きっ放しにしながら新型機に肉薄する。

照準器の中で曳光弾の赤い光がクロスし、敵機の大気圏突入用タイルが飛び散る。タイルに混じり、もっと重要なパーツも砕《くだ》け散《ち》る。

だが、さすがに大気圏突入にも耐える頑丈《がんじょう》なボディには、機銃だけで致命傷は与えられない。それでも一点を狙い、トリガーを絞り続ける。

「いい加減、墜《お》ちやがれ！」

その叫びが、通じた。

円錐形の胴体から伸びる小さな翼の一枚が、根元から割れるように剝《は》がれ落《お》ちた。

あとは、一気だった。

空中分解した敵機は、その直後にはもう、オレンジ色の塊《かたまり》と化した。

「しゃアッ!」

コジロー、雄叫《おたけ》び。歓喜は、重爆撃墜の比ではない。初めて『ノスリ』を撃墜したときの歓喜すら、霞《かす》むほどだ。

撃墜の一部始終は、しっかりとガンカメラにも収められたはずだ。基地に帰って解析《かいせき》すれば、かなりのことがわかるはず。否、それどころか、惑星連合宇宙軍航空局の、映像資料として永久保存される栄誉も……。

「こちら『鷹3《スリー》』!」

興奮した声で、呼び掛ける「アンノウンを喰ったぞ!」

返事は、ない。

さすがに不安になり、コジローは機体をバンクさせ、視界を遥か下方に凝らす。

そして、冷水を浴びたように愕然とした。

翔んでいる機は、敵味方を問わず、僅か一機も見えなかった。ただ、見えるのは無数に立ち上る黒煙のみ。

「…………」

蒼白な表情で、コジローは高度を下げた。あまりのことに、基本中の基本である後方警戒すら怠《おこた》った。撃墜されずに済んだのは、たまさかの僥倖《ぎょうこう》にすぎない。

空の色を映し、やはり濁った紅茶色の海には、無数の輪が広がっていた。虹色に鈍く光る油膜の輪と波紋。ひとつひとつが若いパイロットたちの墓標だ。

コジローの、操縦桿を握る指が小刻みに震えた。

猛烈な後悔。しかし、もう遅い。

この現実に耐えられず、再びコジローの意識は、過去へと飛んだ。


「コジロー、別れを言いなさい」

と、義理の母が言った。「血は繋《つな》がっていなくとも、あなたの弟よ」

「おとうと……」

茫然《ぼうぜん》とした表情で、突っ立ったままのコジローは呟いた。「俺の……弟が死んだ」

白い布を誰かが外す。ケンサクの表情は、綺麗《きれい》なままだった。

「農業高校の実習中になあ……」

「コンバインの、暴走事故だってさ。仲間を助けようとして……」

「こりゃあ、校長の責任問題になんべ」

ひそひそ話が、コジローをいたく刺激した。

「嘘《うそ》だ」

それしか言葉が、出てこない。「こんなもの、嘘に決まってる。おい、起きろよケンサク」

ケンサクの肩を摑み、激しく揺さぶる。

「起きろ、ケンサク。いつまで寝てる。飛行場へ行こうぜ。いつもみてえに、俺の宙返りを見せてやるから。ケンサク！　てめ、いつまでも寝てんじゃねえ！」

ずるっと、ケンサクの上半身がなんの抵抗もなく、安置台の上からずり落ちた。

「ケンサク……」

コジローの声が、嗚咽《おえつ》に変わった。「目を醒《さ》まして、兄ちゃんを殴《なぐ》れ！　おまえを守ってやれなかった、この兄貴を!!」

参列者たちの啜《すす》り泣《な》きが、いっそう激しくなる。

「コジロー……」

義母の声が、諭《さと》すように言った。「十年足らずだったけど、ケンサクは、あなたの弟でいられて、幸せだったと思うわ」

「おふくろ……」

グジャグジャの表情で、義母を振り返るコジロー。「いや、俺は、じっさいダメな兄貴で……いつも、ケンサクを邪魔者扱いで……」

「ケンサクは、あなたが誇りだったのよ」

喪服の義母は、濡れそぼったハンカチを、コジローの頬に押し当てた。「あの子の最後の言葉……。『兄さんだったら、もっと完璧だったろうに……嗤《わら》われちゃうよ』……ですって」

暴走するコンバインの巨大な回転ブレード。その前に投げ出されたクラスメイトを助け起こして救い出したまではよかったが、自分自身は逃げ遅れた。コジローならば、自分自身も助け、巻き込まれるようなヘマはしないという意味だろう。

それを聞いた瞬間、コジローの両眼の堰《せき》は決壊し、滂沱《ぼうだ》の涙がとめどもなく溢れた。共同斎場の天井を見上げて、あとはもう、流れるに任せる。

「ケンサク……おまえはそれほど、俺なんかを……」

生きている間、一度も弟と呼んでやらなかったことを、ただただ悔《く》いるばかり。

「俺は、俺は……どうしようもない奴だ」


「俺は、どうしようもない奴です」

単身、ボック島基地に帰還したコジローは、そこでさらに驚愕の事実を報《しら》された。爆撃隊は全機未帰還、護衛戦闘機隊も過半数を喪い、しかも編隊長であるバンドウ大尉も未帰還。残存部隊は、シラギクに誘導され、いちばん手近なネイビン島の飛行場に不時着同然に緊急着陸したが、一機残らず被弾していたという事実が、激闘を如実《によじつ》に物語る。

『シラギクが戻って来たら、殴り飛ばされるくらいじゃ済まんな』

もちろん、殴られて当然である。

しかし、夜が明けて、輸送機で戻って来たシラギクは疲労困憊《ひろうこんぱい》しており、コジローを見ても無言であった。しかし、その咎《とが》めるような目は、終生忘れられない。殴る価値もない奴と評価されたと、コジローは思っている。

パラシュートで脱出したバンドウ大尉が、偵察のヘリに拾われたという情報が届いたのは、その昼のことだった。三日後、担架《たんか》に乗せられた大尉が野戦病院から搬送《はんそう》されて来た。

「大尉殿！」

「大尉殿！」

「隊長……」

生き残ったパイロットたちが、咽《むせ》びながら運ばれる担架に十重《とえ》二十重《はたえ》と縋《すが》り付《つ》く。コジローは、その輪に入る資格がないので、少し離れて茫然と見ていた。入ろうとしても、拒まれたであろう。

「サカイ……」

力ない声が、コジローを呼んだ。「サカイはいないのか？」

その声に人垣が、エクソダスの紅海のように割れて、道が現れた。しかしその両脇に並ぶ眼は、ひとつとして憎悪と軽蔑とを湛《たた》えていないものはなかった。

「サカイ？」

「はい」

歩み寄ったコジローは、すっかり憔悴《しょうすい》したバンドウの手を取った。

「サカイ、アンノウンは撃墜したか？」

「…………はい」

とめどもない後悔の念が、自分自身を責め苛む。こんなことなら、叱責され、殴打《おうだ》されるほうがどれほど楽だったろう。

「…………そうか」

バンドウの表情は、咎めるどころか仏のようだった。「手柄だな。おまえを行かせたのは、俺の……判断だからな」

「隊長……」

コジローはもうそれ以上、跪《ひざまず》いたまま何も言えなかった。言えるはずがない。

「俺は、このザマだ。あとのことは頼む」

担架に乗せられ、毛布を掛けられたバンドウ大尉。その毛布の右足辺りには、あるべき膨らみがなかった。彼はその日のうちに、さらに設備の整った宇宙軍病院へと後送されていった。

コジローにとって、針の筵《むしろ》の日々が始まった。

「おまえ……」

年配の技術兵曹が顔を覗き込みながら尋ねる。「見たことあるぞ。パイロットだな。懲《ちょう》罰《ばっ》かい」

「いえ」

整備服のコジローは、うなだれたまま答える。「自ら志願して来ました」

「そいつぁ、逃げだな」

見事に看破《かんぱ》されたと、言うべきだろう。「何があったか……まあ、訊《き》かずにおくが、それは逃げだよ」

「……………」

「ここに来る奴の半分は、同じように脛《すね》に傷持つ身だよ」

辺境の、ボクロン島にある飛行場。ここは最前線であると同時に、傷付いた機体の緊急避難《ひなん》基地という性格が強い。そこに、自ら志願して一介の整備兵として配属されたコジローである。

「パイロット崩れの整備兵が、使い物になるかどうかはともかく、まあ、仕事はいくらでもあるからな。退屈はさせねえ」

ノムラ上等整備兵曹の口調からは、猫の手も借りたいこの基地に、やっと新人が補充されたはいいが、それがどうにも使えそうもない奴なので、激しく落胆していることがありありと感じられた。それでいて、階級は自分と同じ上等兵曹なのだから、持て余され気味だ。ずっと階級の下な連中も、整備の経験と腕前ではコジローに比すべくもなく、軽蔑する一方で、どう遇したらいいか、正直途方に暮れている。それでも奇異《きい》の視線だけは、容赦《ようしゃ》なく浴びせてくる。

「まあ、これだけは言っておく」

ノムラ上整曹は言った。「スパナ一本、粗末《そまつ》に扱う奴は、容赦しねえ」

そして、コジローの目の前に、三本の指を突き立ててみせた。

「三日だ。三日置いてみて、使い物にならねえようなら、不適格の烙印《らくいん》を捺《お》したうえで、ボック基地に突っ返すからな。覚悟しとけ」

まずは、お試し期間ということだろう。お眼鏡に適わなければ、状況はさらに悪くなる。もっともコジローとしては、気分的にこれ以上悪くなりようのないところまで追い詰められていた。

「整備は、やったことあるのか？」

白眉の奥のギョロ目で値踏みするかのように、コジローを睨むノムラ上整曹。

「故郷の惑星《ほし》で複葉機に乗ってた頃は、整備からなにから、自分でやったよ」

コジローは答えた。なにしろひと通りの応急修理はもちろん、シリンダーのボアアップまで手掛け、『部品調達』という名目で、盗難《とうなん》まがいのことまでやらかした。長期化した戦争の影響でガソリンが入手できなくなると、トウモロコシを醸造《じょうぞう》してバイオエタノールまで精製したのだから、素人パイロットにしても本格的だ。

「はん。複葉機とジェットを、一緒にされちゃかなわねえな」

そう言いつつも、ノムラはまんざらでもなさそうに頷く。「ま、基本はいちおう、頭に入ってるってことだな」

お試し期間の三日が過ぎる頃には、全員のコジローを見る目も変わってくる。

「おまえ、本当にヒコーキが好きなんだな……」

誰よりも最後まで整備場に残って徹夜《てつや》も厭《いと》わず、二等兵も嫌がる清掃まで丹念にやるコジローに、ノムラでさえ瞠目《どうもく》せざるを得ない。

「精が出るじゃねえか」

「ビス一本吸い上げても、タービンブレードにゃ致命傷だから……」

ウエスを手に、油塗《まみ》れになっても喜々としている。全員が、コジローを受け容れざるを得なかった。

「じゃあその、タービンブレードの分解清掃をやってみるか？」

「いいんですか？」

「おめえの熱意にゃ、ほとほと負けたよ」

ノムラにとってコジローは、まさしく天から降臨した後継者だった。こいつを本格的に仕込もうと決意するのに、一週間は要しなかった。

「大将」

コジローもコジローで、じきにノムラに打ち解ける。皆と同じように彼を『大将』と呼んで、父親のように慕う。「滑走路の脇に、旧《ふる》い型の『新風』が一機、野晒《のざら》しになってるけど、なにか意味は？」

「おめえが来る前に、ビスをしこたま吸い込んで、ブレードが折れたのよ」

ノムラは肩を竦《すく》めてみせた。「定格推力の半分も出ねえんで、部品取り用に転がしてあるのさ」

「勿体《もったい》ない話だな。せめて掩体に入れてやったらどうだい？」

「掩体なんかあるもんか。ここは、緊急着陸用のピットインみてえなとこだ。トラブって降りて来る奴はいても、新品が配属されるこたあまずねえ。それを知ってか、敵もわざわざ、襲《おそ》ってはこねえ。掩体なんて築いた日にゃ、何かあるんじゃねえかと勘繰《かんぐ》られて、かえって標的になる。だからわざわざ野晒しなのさ。ああしときゃ、デコイの代わりにもなるってもんよ」

「なるほどな」

頷くコジロー。

「大将。頼みがある」

「なんだ？」

「あいつを、俺にくんないか？」

野晒しの『新風』を親指で指差す。「なんとか少しずつでも手を入れて、また飛べるようにしてやりてえんだ。決して、他の仕事には影響させねえからよ」

「御執心《ごしゅうしん》だな。なんでまた？」

「なんだか他人に、思えねえんだ」

「…………好きにしろ」

それから三週間というもの、コジローは多忙な整備の合間を見ては、『新風』のレストア作業に没頭した。それこそ寝食を削るという形容が相応《ふさわ》しい。コジローがあまりに熱心なので、若い整備兵連中（と言っても、コジローと完璧に同年代）までもが、面白がって付き合うようになっていた。

「上飛曹。複葉機時代の、失敗談を聞かせてくださいよ」

一等整備兵のサトウは、わけてもコジローに懐いていた。皆、コジローのことをいまだに上飛曹と呼ぶ。

「よせよ。俺はもう、上飛曹じゃなくて、上整曹だぜ」

そう言いつつも、まんざらでもなさそうなコジロー。

「そうでなきゃ、おさまりが悪いんですよ」

肥満漢のサトウはコクピットのシーリングを手際よくやりながら微笑《ほほえ》む。「なんせ、ここに常駐している連中で、まともにヒコーキを飛ばせる奴は上飛曹しかいませんからね。それに、宇宙《そら》と惑星《おか》と、両方でエースなんだから半端じゃありません」

「やらかしたヘマも、大きいのよ」

自分で自分が、赦《ゆる》せないのだ。パイロット復帰は、有り得ない。「もう仲間を殺したくはねえんだ」

「整備を見縊《みくび》らないでください」

突然サトウが、怒ったようにコジローを見た。「整備のヘマだって、下手すりゃ仲間を殺すんですよ。それに、自ら整備に志願したことを、自分への罰だ罰だとおっしゃいますが、それって整備が、パイロットより下だと言ってるのと、同じことになりゃしませんか!?　なんか無性に、ハラ立つんですけど……」

「…………」

言われてみれば、その通りだ。「すまんな。整備を貶《おとし》めるつもりはなかったんだ。パイロットより一段低く見ていたことは確かだ。もう、そんな偏見は捨てるよ」

「わかりゃ、いいです」

サトウはすぐに、笑顔になった。「それに賢明な上飛曹殿は、もう気付いていらっしゃいますよね」

「まあな……」

「理想を言うなら、整備も全部、パイロットがやるべきなんでしょうね。自分の命を支えることなら、それだけ真剣にもなろうし、万が一整備不良で墜ちても、それなら諦めもつくってもんです」

「そうだよ」

頷くコジロー。「さっきの話だが、複葉機で空戦ごっこをやらかしてた頃、てめえの整備……いや、半端なチューンで死にかけた」

「それはまた、どんな？」

「プラグの熱価を下げりゃ、パワーアップするって聞いたもんで、勝手にプラグを交換したんだ。そしたら派手にカーボン噴いて、おまけにプラグの頭がポトンよ。揚句、九つあるシリンダーのうち四つに、穴開けちまった」

「飛行中に!?」

「おう！」

今だからこそ、笑い噺《ばなし》。しかし当時は本気で、死にかけた。複葉機でなかったら、また墜ちた場所が麦畑でなかったら……。「その時のが、この顔の傷よ」

「へえぇ！　俺はてっきり、空戦で付いたものだとばかり……」

「そう勝手に思ってくれる奴が多いのと、自らの戒《いまし》めの意味もあって、わざと治さねえのよ」

なるほど。現代の医学のレベルなら、消せないにしても、もっと目立たなくできるであろう創《きず》である。

「上飛曹」

郵便兵が、郵便袋を担いで現れた。滑走路でもっとも効率的でかつ、重宝する乗り物、それは自転車である。「手紙ですよ」

「おっ」

ウエスで手を拭い、封筒を受け取る。既に一旦開封され、軍の検閲《けんえつ》も受けた手紙だが、それでも油手では受け取りたくない。

「恋人ですか?」

「まさか……」

苦笑し、封筒を翳《かざ》す。表書きの筆跡だけで、差出人は裏返さずとも判った。「おふくろ……」

義母は戦場のコジローに、頻繁《ひんぱん》に手紙をくれる。実子のケンサクを喪って以来、まるでコジローが実の息子でもあるかのように。いや、それは彼女にとっては失礼な話で、ずっと以前から、彼女は実子と継子を分け隔《わ へだ》てはしなかった。馬鹿な話ではあるが、コジローは最近になってようやく、そのことに思い至ったのである。

夜、灯火の下で、独りそれを開封してみる。

コジローさん
部隊を移られたそうですね。驚いています。

新しい環境には、もう馴れられましたか。どのような決断であれ、あなたが考え抜いてされたことですから、母は何も申しません。ただ、お体には充分に、お気を付けください。

私は、もう息子を喪いたくはありません。この小さな村に訃報《ふほう》が届く度に、胸が締め付けられるような想いが致します。あなたが出征されて、思い知りました。

あなたは、あなた自身がどう思っていようと、この私の息子です。あなたを喪うことに、私はもはや、耐えられそうにもありません。この想いだけは、どうか信じてください。あなたはケンサクともはや等価なのです。いいえ。死んで想い出だけとなったケンサクよりも、あなたが大事です。あなたを喪うことが、この生さぬ仲の母はとてつもなく怖いのです。

手紙のこの辺りには、幾度も幾度も、推敲《すいこう》を重ねたであろう痕跡《こんせき》があった。コジローは読んでいて、その修正の跡に、思わず涙をこぼした。

義母の手紙は、さらに続いた。

あなたは、二十歳にもならぬのに何機も敵を撃墜した、惑星連合宇宙軍きっての勇士だそうですね。さぞや、周りは褒《ほ》めそやしていることでしょう。けれど、有頂天《うちょうてん》になってはいけません。そんなことは、少しも偉いことではないのです。

人を大勢殺しても、ちっとも立派では、ないのですよ。

たとえラアルゴン人でも、親はいるでしょう。あなたは、撃墜した敵機の数と同じだけ、いいえ、そのパイロットの両親、きょうだい、祖父母の数だけ、その胸を引き裂き、握り潰したのですよ。

あなたは、その手で大勢のケンサクをこしらえたのです。

コジローの心臓は早鐘を打ち、口から飛び出しそうになった。

あなたに、パイロットをやめろとは言いません。

あなたに、死ぬなともいいません。殺さなければ自分が殺されるなら、殺すことをやめろとも（本当は今すぐやめて欲しいのですが）言えません。

ただ、ひきがねを引くときに、心の片隅にでも、留めておいておくれ。戦争は、無数の悲しい親を量産するのだということを……。無茶な注文だということは、わかっているつもりです。それに、おまえは逃げ隠れせずにその身を、誰かの代わりに危険に晒しているわけですから、その点だけは立派だと言ってよいでしょう。

殺すのではなく、誰かを守ってください。それが誰でも、構いません。身を挺《てい》して守ることは、立派な行いです。

母はせめて、そう思うことにします。

母より

コジロー・サカイさま

追伸　体にだけは、気を付けて。

コジローはくしゃくしゃになった手紙を抱き締めて、声を押し殺し、咽《むせ》び哭《な》いた。

低く垂れ籠めた雲の上から、くぐもった音がする。

その雲のすぐ上で、『新風改』とラーミグによる激しい斗《たたか》いが行われているに違いなかった。

時おり閃光がフラッシュのように閃《ひらめ》き、両軍の戦闘機が燃えながら墜ちてくる。それはラーミグ戦闘機であることもあったが、悔しいことに『新風改』であることのほうが多かった。

この方面の敵は続々と増強されているのに、味方は補給も滞りがちで、どうにか苦心惨憺《さんたん》して遣《や》り繰《く》りしているといった状況であった。誰も口にこそ出さないが、日々戦況は悪化し、このままではあと半年と、持ち堪えられそうにない。そうなれば惑星連合宇宙軍は遠からずファナデューを追われ、希少な資源はラアルゴンに独占され、戦争の遂行自体が立ち行かなくなる。

起死回生の一発がなければ、ジリ貧である。

「ありゃあ……」

黒煙を噴きながら墜ちてきた『新風改』を見上げて、サトウが唸った。「またやられたよ。この辺の航空隊も、技倆が落ちたなあ……」

「ちがう！」

コジローは、強く抗弁した。あまりな声の大きさに、皆が驚いて振り向く。「皆、精一杯やっている。ただ、戦力差がどうしようもないんだ‼　精神力では、もはや覆《くつがえ》せないほどに、物量の差が開いているんだ」

整備していても、それは感じる。配給される部品が極端に減り、何度要請しても、届かない。それ以前に、シャトルが撃墜されることが頻発《ひんぱつ》するようになった。

制空権が、喪われつつあった。

「数が同じなら、絶対に負けやしない！　いや、二対一でも、勝ってみせる。ただ悔しいが、今は三対一か、下手すりゃ五対一なんだ」

ぐっと唇を噛み、見上げるコジロー。

空戦の音が、一段落した。しかしそれは、激闘の終わりを意味しない。

爆音が、ドップラー効果を伴い、俄《にわ》かに甲高くなる。

「まじい！」

サトウが叫んだ。「こっちに来る!!」

雲を突き破って、ラーミグの編隊が現れた。それぞれに爆弾を抱えている。狙いは明らかに、この前線修理基地だ。ここを潰せば、この辺りの勢力図は一気に塗《ぬ》り潰《つぶ》される。

「逃げろ！」

ノムラが叫んだ。「総員、タコツボに退避《たいひ》！」

だが、逃げ遅れた整備兵たちが、機銃掃射《そうしゃ》につかまった。人の背丈より高い土煙が滑走路を縦横に蹂躙《じゅうりん》し、それが収まったときには、肉塊と化した人体がぶすぶすと燻《くすぶ》る。

さらに、超低空で侵入してきたラーミグが、その下腹から黒いボーリングピンのような小型爆弾を投下した。爆弾はパッと、後部から傘の骨のようなものを開き、急激にスピードを殺しながら（そうしないと、超低空なので自機が投下した爆弾の爆発に巻き込まれる）滑走路を穿《うが》ち、粉砕した。

開傘式減速爆弾だ。

「野郎！」

コジローの血が、カッと逆流した。気が付くと彼は、手近にあった重作業用のヘルメットを引っ掴んでいる。「あいつを回せ！」

「無茶です、上飛曹」

サトウが目を剝《む》く。「いくら上飛曹殿がエースでも、ミサイルもなく、機銃だけじゃないですか。それに、試運転一度もやってないうえに、酸素ボンベも、耐Gスーツも、まともなヘルメットすらないんですよ」

「戦闘機が、あるんだよ」

と、コジロー。「このままなにもせずに一方的に好き勝手やらせるなんて、コジロー・サカイの辞書にはねえんだよ！」

「でも……」

「回せ、サトウ」

MINE YOSHIZAKI/2008

ノムラ上整曹だった。「そいつの気の済むように、させろ」

「今から上がったって、敵の餌食《えじき》ですよ。恰好《かっこう》の標的です。滑走路も半分、やられちまってるし……」

「半分ありゃ、上等よ」

さっさと、レストア中の『新風』に乗り込むコジロー。全員で苦労して拵えた掩体に、収められている。

「知りませんよ」

そう言いつつもサトウは、コンプレッサーをエンジンに繋ぎ、始動させた。「定格出力の、六割ってとこですかね。アフターバーナーを使っても、下手すりゃバックファイアですよ。正直、音速出るかどうかも……」

「それは、俺がいちばんよく知ってるよ」

ヘルメットを被るコジロー。「なにせ、毎日いじってたんだからな」

「ほう……」

ノムラが唸った。「コクピットに座った途端《とたん》、虎の眼になりやがった。あいつ、あんな眼をした奴だったのか」

急造の掩体から、滑り出る。

たちどころに、ラーミグが殺到《さっとう》した。離陸させまいと、機銃と爆弾の雨を浴びせる。

対するにこちらは、対空火器すら一切払底している。どうなることかと見守る整備員たちの眼前で、フランケンシュタインの怪物よろしく、あり物のパーツで継《つ》ぎ接《は》ぎだらけにでっち上げられた『新風』は、土煙と閃光の嵐に覆い尽くされた。

「上飛曹！」

サトウ、絶叫。「ひでえ！　なんておとな気ねえ攻撃だ！」

だが、ラアルゴンはそれくらいやって、やり過ぎるということはなかったのだ。

何故なら、たとえ性能半分の機体でも、ひとたび空に上がってしまったコジロー・サカイは……。

「上がってるよ！」

サトウは驚愕し、隣にいたノムラと肩を抱き合った。「どうやって潜り抜けたんだ。信じられねえよ！　人間業《にんげんわざ》かよ!!」

「もしかして俺たちは……」

ノムラが呟く。「とんでもねえパイロットを、そうと知らず人並みの整備士として、飼い殺してたのかもな」

だがしかし、コジロー機の置かれた圧倒的劣勢に変わりはない。少なくとも七機のラーミグが優位な位置に付けており、パワーの足りない『新風』は高度も満足に取れず、車輪は出たまま。少しでも舵《かじ》を切れば、たちどころにスピードと高度を失って、失速しかねない。

「被られた！」

サトウが叫ぶ。「これじゃ、どんな天才だってどうしようもない」

「どうかな？」

ノムラの意見は違っていた。「こう密集してちゃ、敵も容易に攻撃できねえぜ。迂闊《うかつ》に攻撃ポジションを取れば、仲間と接触しちまう」

七機のラーミグは、たった一機の獲物を巡って、互いに譲り合う気は微塵《みじん》もないらしい。それは醜い空のバーゲンセールとでも形容したくなる。「離せ」「おまえこそ離せ」「俺の獲物だ」と言わんばかりに、団子となってコジロー機を追う。

コジローは振り向くことなく、そのまま落ち着き払って低空を翔び続けた。内心はどうあれ、狼狽はおくびにも見せない。後ろで何が起きているか、どういう状態になっているか把握《はあく》しているとでも言いたげに。その状況を見て、サトウはこう表した。

「まるで、背中に目が付いているみたいじゃないスか……」

「付いてるんだろうよ」

と、ノムラ。「心眼ってやつがよ」

密集したラーミグが、闇雲《やみくも》に機銃を撃ち始めた。曳光弾がコジロー機の側を飛び抜けるが、一発として命中弾はなかった。照準はすべて、コジロー機の左に逸《そ》れるばかり。

敵は無意味に弾丸を消費している。

「なんで当たらないんだ？」

サトウの疑問に、

「気付かねえか」

ノムラが答えた。「あいつは直進しているように見えて、僅かに右へ右へと、機体を横滑りさせているのさ。敵の誰ひとりとして、そのことに気付いちゃいねえようだ」

「じきに気付きますって」

「心配ねえ」

ノムラ、太鼓判。「誰か気付いたときこそ、見ものってもんよ」

その直後に、射線を変えようとしたラーミグの一機が、別の一機と接触した。この低空で、しかも密集した状況で、それは致命的であった。弾かれたように裏返った一機は、さらに別の一機を激しく巻き込んだ。燃え盛る火球となって、縺《もつ》れ合《あ》う状況で、三機はバウンドし、密林に墜ちて火柱を上げた。

さすがに、残った敵は慌てて散開する。

コジローは、この瞬間を待っていた。

車輪を引き込み、ぐいと上昇する。

後先考えずに回避した一機に対し、絶好のポジションに付ける。

コジロー機の機銃が、火を噴いた。ただし、光ったのは四門のうちの二門だけで、それも一瞬光っただけ。

すわ、故障かと、地上で見上げる整備員たちが気を揉んだほどだった。

だが、ラーミグはエンジンから火を噴き、翼が傾いた。キャノピーが開き、パイロットが射出座席ごとベイルアウトするのが見えた。ぎりぎりの高度で、白いパラシュートが開く。ラーミグはそのまま、海に突っ込んだ。

「当たりやがった……」

サトウが胸を撫で下ろす。「運がよかった」

「そうかな？」

ノムラの眼が光る。「まさかとは思うが、あの野郎……」

それがたまさかのフロックでないことは、じきに証明された。

二機目の攻撃位置に付けたコジロー機が、再び短く発砲。

ラーミグが薄い煙を吐き、傾く。一機目とまったく同じに、パイロットは機を捨ててベイルアウト。

「やっぱりだ」

と、ノムラ。「なんて腕だ」

「どういうことです、大将？　機銃が不調なんじゃ……」

「機銃は万全だ。毎日、分解整備したろ」

「じゃあ……」

「単発撃ちだよ。それも、二門だけ」

「単発撃ち⁉　機銃を？」

それはもはや、曲芸に近い。「いくら物資が不足がちだからって、なにもそこまで弾丸を節約しなくたって……」

「節約じゃねえ。ポリシーの問題よ。最小の損傷で、撃墜してるんだ」

その間にも、コジロー機はさらに一機の背後に易々と喰らい付いた。

「よく見てろ」

またしても、二門のみの単発発射。それでも発射された二発は、吸い込まれるように急所に命中した。そして、またしてもベイルアウト。

「なんでパイロットに当てないんだ？」

サトウは首を傾げるばかり。「同じ単発撃ちでも、それがいちばん確実で簡単なのに……。上飛曹の腕なら……」

「だから」

もどかしそうに、ノムラ上整曹は言った。「殺したくねえのよ。あいつは」

「なんで？」

サトウには、理解の範疇《はんちゅう》を超えていた。「仲間が、あれだけやられたのに……」

コジローは、頑《かたく》なに戦法を変えない。見る間に上空には、白いパラシュートの花が咲き乱れた。その数は、八つを数えた。いま、この瞬間だけでもエース成立だ。

基地の真上での撃墜くらい、味方の士気を鼓舞《こぶ》するものはない。それも、これほど鮮やかに。

整備兵たちは互いに抱き合って跳び上がり、帽子を振り回して歓嬉の絶唱である。

「やった！　やった!!」

敵機をすべて片付け、悠然《ゆうぜん》と着陸するコジロー機を、列をなして迎える整備員たち。

万歳三唱。ここ数ヵ月の溜飲《りゅういん》が、一気に下がった。

「脱出した敵は？」

笑顔ながら殊更に誇るでもなしに、キャノピーを開いたコジローは、ハーネスを外しつつ開口一番に尋ねた。「生きてるか？」

「全員、生きてます」

敬礼しつつ、サトウ。「守備隊が、全員捕まえましたよ」

八人のラアルゴンパイロットは、武装解除され、彼らが破壊した滑走路の片隅に、纏《まと》めて縛られていた。

コジローはゆっくりと、整備服のままで歩み寄る。逞《たくま》しいがその体格は、ラアルゴン人たちとは比較にならぬほど華奢《きやしや》である。縛られているラアルゴンパイロットたちの間に、一様に驚嘆の表情が拡がった。

自動通訳機が、突き出される。

『おまえが……』

赤黒い頬髭《ほおひげ》の、隊長と思しき男がコジローを見上げた。『俺たちを墜としたのか』

無言で頷く、コジロー。

『ひさびさに、やられたという気がした』

鋭い眼光ながら、恬淡《てんたん》とした口調で隊長は言った。『完敗だ。貴官の名を知りたい』

「コジロー」

静かに、告げた。「コジロー・サカイだ」

『ようく覚えた。捕虜交換で送還されたら、貴官にだけは手を出すなと、仲間たちに広めておく。しかし、殺せばもっと簡単だったろうに……。ましてや、あの状況だ。何故、寄ってたかって貴官を殺そうとした我々を、殺さなかった』

「てめえら」

と、コジローは睨《ね》めつけるように言った。「俺のおふくろに、感謝しろ。この先は、どうか知らねえ。ただ今日だけは、おふくろの言うことに従ったのよ」

『？』

ぽかんとしている捕虜《ほりょ》たちを尻目《しりめ》に、コジローはゆっくりとノムラに歩み寄る。

「大将、要《い》らぬ心配をさせちまったな。下で見てて、ハラハラしちまったんじゃねえのか？」

「なあんも」

ノムラはけろっとしたものだった。「少しも危なげが、なかったぜ。それよりコジロー、てめえは不適格だ」

「不適格？」

「ああ。整備兵失格よ。この野郎、よくもたばかりやがったな。てめえほどのパイロットを、整備班で遊ばせておくほど、今の惑星連合宇宙軍には余裕がねえのよ。さっさと原隊に復帰しやがれ！」

「そうするよ」

素直に頷くコジロー。「しかし……」

惨澹たる状況で、至る処で煙を噴き上げている基地を見回す。重機もない以上、修復は、まず不可能であろう。

「ここもう、店仕舞《みせじま》いだな」

「悔しいが、そのようだ」

「大将。俺はあんたらを、連れて行くよ。俺の、機付き長になってくれ」

機付き長とは、言わば専属整備士。「頼むよ」

「しゃあねえな。行ってやるか」

ノムラは照れた。「おまえが、そこまで寂しがるんじゃな」


「帰って来た……」

ボック島は暫《しばら》く見ない間に、疲弊《ひへい》していた。状況はどこも似たようなものだろうが、それにしても痛々しい。破損した機体が無造作に積み上げられ、ヒガンバナはますます繁茂して、若者たちの血を吸ったように、真っ赤な花を咲かせていた。

「ここじゃ、年中咲いてやがるんだ」

滑走路の脇に茫然と立っていると、聞き覚えのある声がした。松葉杖を突いたバンドウが、いつの間にか隣にいる。「丈も倍以上。もはや、地球のヒガンバナとは別種だな」

「バンドウ大尉……」

「少佐だ」

バンドウは黒い髭の中で力なく笑ってみせた。「現場を退いたほうが、昇進するみたいだな」

二人はゆっくりと、握手した。

「ひと皮剝けたって、評判だぞ」

「馬鹿が少し、修正されただけです」

虚心坦懐《きょしんたんかい》に、コジロー。「また、世話になります」

「さっそく、護衛任務に就いてもらうぞ」

バンドウ少佐は言った。「写真偵察機が、大規模採掘場を探り当てた。ナワ島の渓谷《けいこく》に、ちょっと目にはわからんよう、巧みに隠蔽《いんぺい》されていた。明日、黎明の出撃でそこを叩く。残存勢力を掻き集めた最後の賭けだ。それをもって、この方面の作戦は終了。我々は、この惑星から全面撤退《てったい》する」

「…………」

「だがラアルゴンにも、美味《おい》しい想いはさせん。主だった採掘場は、完膚《かんぷ》なきまでに叩いておく」

「勝算は？」

「総体的には、かなりある。入念に準備した。しかし、貴様らが向かうナワ島バリン渓谷の採掘場だけは別だ。レーダーに掛からないよう、渓谷に沿って一列で飛ぶには技量が要る。激突すればそれきりだ。加えて渓谷の両崖には、対空機銃がズラリだ。まさに、虎穴に入らずんば虎児を得ずだよ」

「シラギクは、行くんですか？」

「シラギク飛曹長は、いまやここではいちばんのベテランだよ」

いつの間にか、サカイよりも上官になっている。「素直に言うことを聞いてやれよ」

「…………はい」

面映《おもは》ゆい表情で、頷く。

「まだ飛べるおまえたちが羨《うらや》ましいよ。こんな体になって、つくづく思う」

などとぼやきつつ、飛べない体にした張本人（と、少なくともコジロー自身は思っている）を前に、愚痴ひとつ漏らさないのだから、その性格には頭が下がる。

コジローは少佐に敬礼して別れ、ヒガンバナの叢《くさむら》に足を踏み入れた。そして手近にあった葉を手折ると、それを口にくわえた。

そして、思案に暮れる。

どうすれば、少しでも罪滅ぼしができるだろうか、と。

「おや、珍しい」

振り向くと、意外な顔がいた。「おまえ、戻って来てたのか」

「サイヤー少尉……」

「ようく見ろ」

サイヤーは相変わらずの嫌味っぽさで、略服の袖章を指差す。知らぬ間に、金線が二本増えていた。「大尉だ」

バンドウの少佐昇進は当然として、これは驚きの人事だ。

「その節は、世話になったな。そう嫌そうな顔をするな。これでも感謝しているんだぞ。おまえのお陰で、生き残れた。お陰でコツを掴んだよ」

「どういうコツですか？」

「おまえのような正真正銘の天才は別にして……」

サイヤーは苦笑した。「俺のようなそこそこのパイロットは、戦闘が始まりそうになったら、コソコソ逃げ回るに限るな。なるべく安全そうな場所にいる。そういう場所を嗅《か》ぎ分《わ》ける才能なら、あったみたいだ。出撃十回も数えれば、俺みたいな奴でも隊長になれるし、歴戦の勇者よ」

パイロットとしてはそういう生き方も、あるのだろう。えてしてそういう奴が生き残り、好き勝手な回想録を書く。その時になって反論できるように、生き延びたいものだ。

「明日も俺は、逃げるから……」

「大尉殿」

ふと、コジローの頭を、ある考えが過《よ》ぎった。「ひとつ、相談があるんですがね」

「なんだ？　勿体ぶって」

「その逃げ回る才能に掛けて、命の恩人の頼みってやつを、聞いてはもらえないものかと……」

「バラバラに爆弾を投下しても効果は薄い。爆撃隊は、一斉投弾システムでいく。編隊ごとに嚮導機《きょうどうき》の投下スイッチをマスターに、全列機のセンサーをスレーブ状態にして、全機同時投下だ。爆弾は、特製の岩盤貫通爆弾だ。三メートルの天然岩の天蓋《てんがい》をも貫いて爆発する。掘削装置に、壊滅的《かいめつてき》な被害を与えることだろう」

ブリーフィング・ルームに集まった全員は、それぞれが抱えたボードにメモを取りながら、基地司令である大佐の言葉を一心に聞いている。これが最後の大規模出撃であるばかりでなく、戦闘の激しさも予想されるから、その表情は真剣である。

「渓谷の両サイドに設置された対空砲火は、相当な熾烈さが予想される。かと言って、渓谷を避けて上昇すれば、敵戦闘機の邀撃はさらに激烈だ。つまるところ、渓谷を縫《ぬ》ってちまちまと翔ぶのが、まだしも安全というわけだ」

司令は手にした指示棒で、ブリーフィング・ボードを示した。電子式のボードには、目的地の3D地形と共に、予想される彼我の動きが、無数の光点として表示される。

「このうねうねとした狭い渓谷では、一機翔ぶのがやっとだ。諸君の技倆なら、軽々とクリアできるとはいえ、少しでも気を抜くと、断崖に激突しかねない。その場合には、後続の二、三機を巻き込むことになるので、常に三人分の命を背負って翔ぶと思ってもらいたい」

「要するに、あれだな」

サイヤー大尉が、小声で周りの連中に囁《ささや》いた。「地球時代の、旧い平面映画で、『スターウォーズ』ってのがあったが、まんまあれの、デススター攻略と同じだな」

司令に睨まれ、慌てて首を竦めるサイヤー。本当はもっと旧い映画で『633爆撃隊』というものがあり、状況はよりそれに近いのだが、さすがにその作品はこの時代、散逸《さんいつ》していた。

「ゲーム感覚で気楽にやればいいと言えれば、楽なのだが……。さすがに諸君も、それはよしとしないだろう。ただ……難易度は高い」

司令の言葉は、含蓄《がんちく》に富《と》んでいる。

その言葉の最中にも、ボードの光点が光る。このボック基地では幸いにして、完全に無人化されたシステムだが、他の基地では噂《うわさ》によれば、嘘か実《まこと》か、美人の女性士官が、それぞれの担当するマーカーを手動で動かすという、わざわざのレトロ・スタイルもあるそうな。女性士官たちの制服は、タイトミニ。コジローにとっては悪夢のような状況なので、この基地に配属されてよかったと、心から思うしかない。

「数を頼みの敵機は上空から、入れ替わり立ち代わり襲ってくるだろうが、対空砲火に誤射《ごしゃ》されるのと、衝突を恐れて、一度に攻撃してこられるのは一機か、せいぜい二機だ。ただし、攻撃を受けても回避するスペースはほとんどない」

『回避しても、ドカンってわけかよ……』

コジローは、無言で唇を噛んだ。『ま、そのときはせいぜい、対空銃座を道連れにでもするしかねえな』

同様のことは、誰しも思っているはずだ。皆の心中が暗澹《あんたん》としてくるのが、手に取るように伝わってくる。それを見越したかのように、司令が言った。

「この作戦終了後は、諸君らの全員に、無条件で三ヵ月の手当て付き休暇《きゅうか》が与えられることになろう」

誰も、声にして悦《よろこ》ばない。所詮《しょせん》は苦い薬を包む糖衣《とうい》にすぎないことを過去の経験から皆知悉《ちしつ》している。ちらつかされる報償《ほうしょう》の大きさが、そのまま作戦の、損失率に如実にリンクしている。

つまりは、死ねと言われているに等しい。

「諸君なら、やれる！」

最後にそう言って、司令は敬礼し、全員が起立して敬礼を返した。

しかし、司令の姿がこそこそと奥に消えると（非常に信頼度の高い情報では、脱出シャトルの第一便に、早々と乗り込んだらしい）ブリーフィング・ルームはたちまちざわついた。

「司令はああおっしゃるが……」

「大丈夫かな？」

「大丈夫さ」

あからさまな揶揄《やゆ》と咎めるような視線が、コジローの背中に集中するのが、痛いほどわかる。「また誰かさんが、護衛任務をほっぽりだしたりしなきゃな」

「よさないか」

シラギクが窘《たしな》めた。「サカイはもう二度と、あんな真似はしない」

「保証できるのか？　離脱しないと」

「できるさ」

シラギクは、揺るぎもしない。「もしまた、勝手に編隊を離脱するようなら、そのときは……」

「そのときは？」

「俺が……」

ぐっと、沈痛な表情でシラギクは言った。「俺が、この手で撃つ」

エンジン始動した『新風改』と、戦闘爆撃型『震天』がズラリと、滑走路に並ぶ。

あとは離陸を開始するという段になって、突然コジローが、コクピットを降りた。

「すまん。自然の摂理だ」

そう言って、駆け出す。

「あれほどの人でも、小便が近くなるほどブルっちゃうんですかね？」

コジローの専属整備士となったサトウが呟く。

「そういうもんよ」

やはり機付き長となったノムラ上整曹は、存外泰然《たいぜん》自若《じじゃく》と構えている。やがて、見慣れた虎模様のヘルメット姿が現れると、

「手筈《てはず》は万端です」

と、深々一礼した。「行ってらっしゃいませ。武運を」

虎模様のヘルメットは無言で頷くと、コクピットに乗り込んだ。

暁《あかつき》の離陸が、始まった。上空で編隊を組むと、静かに離れていく。

整備員たちがそれを、総員帽子を振って見送る。

「機付き長」

サトウが帽振れをしながら、隣のノムラに尋ねた。「なんでまた、敬語で見送ったんです？　珍しいですね。同階級ですが、機付き長のほうがはるかに先任なのに……」

「なあに」

ノムラは、ニヤリと嗤った。「いずれにせよこれっきり、だからよ」

渓谷の入口で、攻撃隊は事前に決められた順番通りに一列縦隊となって、等間隔で続々と侵入する。その動きは一糸乱れない。各基地から選抜された『決死隊』だけに、さすがに練度が高い。

各編隊を一旦解き、爆弾を抱えた『震天』と、それを護衛する『新風改』とが、交互に突入するという変則的な編成だ。それが、渓谷を縫うようにエンジンをギリギリまで絞り、粛《しゅく》々《しゅく》と進むのだ。

『行き掛かり上、ああは言っちまったがなあ……』

操縦桿を握りながら、シラギクは心中密《ひそ》かに悔やんでいた。『いざとなったら、俺はサカイを撃てるのか？』

自問自答してみるが、答えは出ない。

気が付けばオレンジのランプがアラートしている。翼端を、絶壁に危うく引っ掛けるところであった。沈着冷静なシラギクには珍しい。

『いかん、今は集中集中……』

自らに言い聞かせる。

全員が、綱渡りのような緊張感で臨んだせいか、不思議と一機の損失もなく（この作戦を立案した参謀《さんぼう》は、往路で少なくとも五機の損失と計上していた）攻撃隊は目標の至近まで到達した。既に、ラアルゴンの制空権下である。

『そろそろおいでなさるぞ』

シラギクの読み通りであった。頭上に覆い被さる岩盤の隙間から、ちらちらと黒い点が見える。渓谷は一概《いちがい》に狭く、さらに選ばれたルートは狭隘《きょうあい》で、所どころでは完全な岩のアーチやトンネルになっているところさえある。浸蝕され易い質の岩石とはいえ、この地形は自然の驚異だ。平時なら、たぶん自然遺産になろう。その希少な地形を、台無しにしかねない馬鹿げた作戦。この一事をもってしても、戦争の愚かしさがわかる。

その、迷路のような渓谷の隙間《すきま》から見てさえ、上空が敵編隊でびっしりと埋め尽くされていくのがわかる。全員が、背筋も凍るほどに怖気《おぞけだ》立った。

「なんということは、ないぞ」

シラギクは僚機に呼び掛ける。半ばは、自分自身への激励《げきれい》であった。「いくら上に控えていようと、現に激突を恐れてか、どいつも襲ってこないじゃないか」

だがそれは、ここがまだ襲撃のポイントではないからに過ぎなかった。

渓谷が、不意に左右に開ける。それと時を同じくして、両側の断崖に設置された、二連装あるいは四連装の対空砲座が猛然と撃ち始めた。そのほとんどは、旧態依然とした機銃に過ぎないが、37ミリと57ミリの大口径である。加えてポイントを考えて設置されており、ただ漫然と撃っていても、向こうからその射線に飛び込んできてくれる。

たちまち、数機がその犠牲となった。多くは崖に激突して四散し、中には味方を巻き添えにして墜落する機体もある。たちまち、地獄の隘路《あいろ》は阿《あ》鼻叫喚《びきょうかん》の巷《ちまた》と化した。

「護衛戦闘機隊は、極力銃座を潰せ！」

シラギクは叫ぶ。「爆弾は温存しろ！　まだその時じゃない」

機銃とロケット弾が猛然と交錯する。機銃は敵の射手を殺し、ロケット弾は機銃ごと破壊し、稀《まれ》に台座を砕かれた球型銃座は、まだ生きている射手の絶叫と共に、断崖を奈落へと転がり落ちていった。しかし、数を言うなら火を噴く味方のほうがはるかに多い。

そんな修羅場の中ですら、護衛戦闘機の多くはすすんで自ら爆撃隊の盾となった。いかに敵の採掘施設に致命的な一撃を与え得るのは爆弾しかないとはいえ、『新風改』は一人乗りで『震天』は二人乗りとはいえ、その説明だけでは足りない献身ぶりであった。自らを庇《かば》って墜ちていく『新風改』に、『震天』の搭乗員たちはただ敬礼と黙禱《もくとう》をもって送るしかなかった。

熾烈な対空砲火が、不意にぱたりと熄《や》む。

だがそれは、新たなる修羅場《しゅらば》への幕間を意味するものでしかない。

「来るぞ！」

シラギクの叫び。「上空警戒と相互のカバー、怠るなよ!!」

降るようにして、ラーミグが襲って来た。それは、狭い渓流を、身をくねらせて遡上《そじょう》する魚群に群れ為して襲いかかる、サギのようだった。

掻き消されるように空中で不意に消滅する味方。しかし、攻撃後の引き起こしに失敗し、そのまま断崖に激突するラーミグも少なくはなかった。

中には決死の反撃に転じようとして、渓谷からの上昇を試みる『新風改』もある。だが、それらはたちどころに待ち受ける敵の集中攻撃を浴び、為す術もなく撃墜された。

『敵機に構うな！　目標地点への到達だけを考えろ！』

そうは言われても、恐怖で体が思わぬ反応をしてしまう。やはり戦闘機乗りは、なんと言っても斗いたいのだ。闘って死にたいのだ。

しかし辛抱《しんぼう》の甲斐あってか、上空からの散漫な攻撃は目に見えて減ってきた。あまりの犠牲の多さに嫌気がさしてか、わざわざ攻撃するまでもないと判断してか、まるで攻撃に熱意がない。それがかえって不気味だ。

『なにかあるな』

と、シラギクなどは思ってしまう。『まだ、奥の手が……』

前方警戒レーダーに、反応があった。

「なに!?」

我が目を疑う。そもそも、レーダーの故障かと思ってしまう。再び幅の狭くなった渓谷の前方から、複数の敵機がやって来る。このままでは正面衝突は避けられない。

機械の故障でも、錯覚《さっかく》でもなかった。じきに、肉眼でも前方の敵は確認できた。それはラーミグよりもさらに小型の戦闘機で、ゆるゆるとした速度で、しかし真正面から突っ込んで来る。

「特攻か!?」

だが違った。激突するかに見えた寸前、敵はＡＡＭを放ちつつ急上昇したのだ。それも、ほとんど垂直に。

「ＶＴＯＬだ!」

叫ぶシラギク。少年時代、ウェブ図鑑で見た懐かしい名前を思い出したのだ。「敵はＶＴＯＬだぞ!」

まさしく絶滅したマンモスかサーベルタイガーを見たような驚きであった。宇宙進出時代以前には隆盛《りゅうせい》を極めたという機種である。しかしながら、その系統は絶えて久しい。

しかしなるほど、こういう状況になら、お誂《あつら》え向きの武器ではあるかもしれない。

敵が離脱する寸前に放ったＡＡＭは距離が近いだけに避《よ》けようもなく、その射程内にいて幸運にも偶然から生き残った味方は多くはなかった。シラギク機もその一機であった。彼の場合は、咄嗟《とっさ》に最小の回避運動で躱したのだ。だが、その代償として彼のすぐ後ろにいた『震天』が直撃を受けて四散した。

『すまん……』

大混乱に陥る攻撃隊。ＶＴＯＬは、ハエのような動きでしつこく纏《まと》わりつき、執念深く付き纏い、ちくちくと嫌らしい攻撃を仕掛けてくる。機動性はヘリコプター並み、それでいて、直線飛行では亜音速を出せるようで、追撃に移れば易々と追い付いて、爆弾を抱えた『震天』ばかりを選んで狙い撃ちした。

敵も、馬鹿ではない。

「サカイ式の命名で言えば、『ラーハリ』ってとこか……」

恐怖と不安を拭い去るかのように、シラギクは呟く。『ラーハリ』とは即ち、『ラアルゴンのハリアー』の省略形である。我ながらダサいネーミングに笑ってしまう。「こいつはしかし、嫌な敵だぜ」

シラギクは照準を試みるが、ラーハリの動きはまったく予測が付かない。可変式のメインノズルによる推力変更に加え、機体各部にも緊急用の機動ノズルを多数もつ。これは、宇宙戦闘機の技術の流用である。

『サカイが離脱した！』

通信機が、俄かにざわついたのは、その混乱の真っ最中であった。『また独断専行、いや、敵前逃亡だ！』

「なんだと……」

我が耳を疑うシラギク。「こんな時にか!?」

裏切られたという想いから、全身の血が、カッと逆流するのを感じた。

『馬鹿野郎……』

操縦桿を引く。シラギク機は上昇するサカイ機を追って、渓谷を抜けた。上空で手ぐすね引いて待ち受けているラーミグが一斉に襲いかかってきたが、シラギクにとってそれらを一蹴《いっしゅう》するのはたやすかった。遠目にも目立つカラーリング（機首に虎のマーク、二枚の垂直尾翼の外側に毘沙門天《びしゃもんてん》と日本刀のイラスト）を施したサカイ機の識別は、誰の目にも容易であった。

『まさかなあ……』

この手で、親友に銃爪《ひきがね》を引くことになろうとは。辛い。

サカイ機は巧みにラーミグの攻撃を回避しつつ、ぐんぐんと上昇していく。確かに操縦は巧いが、まるで戦意がない。

『何故反撃しない、サカイ』

シラギクは何故か、焦れったかった。『同じ離脱するにせよ、おまえの腕なら、いくらでも……』

シラギクはサカイ機をはっきりと識別できる距離にまで追い組った。照準器いっぱいに、その機影が拡《ひろ》がる。自動照準が合致し、ピピッという合照音がヘルメットを通して耳に届いたが、シラギクは一瞬、トリガーを引くことを躊躇《ためら》った。

「ちがう」

と、彼は呟いた。「こいつはサカイじゃない。いくら俺でも、こんなに易々と、照準位置に付かせてくれるはずがない」

「敵を欺《あざむ》くには、味方からってね」

八機目の『ラーハリ』を料理しながら、コジローは呟いた。「あらよ」

九機目は、習い覚えた単発射撃で事足りた。

十機目が、背後に付ける。

「舐《な》めんな！」

機敏な動きのラーハリではあるが、コジローの手にかかればどうということはない。早くも眼が馴れ、敵の攻撃パターンも読めてきた。開発されて間もないだけに、その戦法は意外に単調である。

コジローは推力《すいりょく》をギリギリまで落とし、失速気味に離脱した。オーバーシュートした敵に対し、恰好の射撃位置に付ける。ラーハリは機動ノズルを使い、射線を逸らそうとしたが、次の瞬間にはキャノピーを、狙い済ました機銃の単発射撃によって砕かれていた。予め、回避方向を見越していなければ当たらない。

「おんなじなんだよ!!」

コジローは、ここぞと叫ぶ。「回避方向が、常によ！　せっかくいい機体なんだから、もっと頭を使いやがれってんだ！」

コジローの期待と常軌を逸した激しい操縦に、真新しい『新風改』もよく応える。整備は万全。完調だ。操縦桿もじつに軽い。

士官用は、優先的に調子のいい機体から回されるというパイロットたちに根強い噂は、遺憾《いかん》ながら真実であるようだ。

「ただ、このド派手なカラーリングだけは、もうちょいなんとかしてもらえませんかねえ……大尉殿」

真っ赤なカラーリングと、これ見よがしに機首に描かれた金髪ヌードだけは、どうにもいただけない。ＷＡＳＰのセンスにだけは、正直ついていけない。

またしても目の前に、敵を捉えた。

「十一！」

サムライ、完全復活。


「どういうことです、大尉殿？」

シラギクは無線で呼び掛ける。「悪い冗談にも、ほどがある。自分は危うく、貴官を殺すところでしたよ」

『サカイに、頼まれたのよ』

ぞんざいな口調で、サイヤー大尉は言った。『しっかし、ヒヤっとしたぜ。ラアルゴンに墜とされる気はまるでしねえが、貴様はさすがだな。正直、逃げられる気はしなかったよ』

「おだてても無駄《むだ》です。これは重大な、規律違反ですよ。残された味方は、どうなります？」

『それなら、心配ねえ。うしろを見てみな』

振り返るまでもない。二機を追撃するラーミグの数は、優に百を数えた。カラーリングに騙《だま》されたのは、シラギクだけではなかったのだ。

『サカイの奴はよっぽど、ラアルゴンからマークされていたんだなあ……。こうなるのを知っていたら、引き受けるんじゃなかったよ』

「俺のせいもあります」

と、白い鶴と菊の花を機体に描いているシラギクは言った。派手ではないものの、いかにも彼らしい燻《いぶ》し銀《ぎん》のカラーリングだ。「敵から見ればこの方面でナンバー1とナンバー2の撃墜王が翼を並べているんです。そりゃあ、シャカリキにもなるってもんですよ」

なるほど、コジローの狙いはこれだったのかとシラギクは遅まきながら気付いた。手薄になった残りの敵なら、自分独りいれば楽に一掃できる。

『問題は、こっちだぜ』

期せずしてそこいら中のラーミグを、引き受けるかたちになってしまった。『ま、増援が駆け付けるまでの間、二人でこいつらを、相手してやるか？』

「そうしましょう」

シラギクは頷いた。「たまにはコジロー・サカイになってみるのも、悪くないでしょうね。そのカラーリングは、効きますよ」

二機はそれぞれの方向に、翼を返した。

カラーリングを見た敵が浮き足立って、左右に割れる。無理な回避による空中衝突の分だけで、八機が労せずして空中から消えた。

『なるほど……』

カラーリングの御利益に、サイヤーは頷くしかなかった。

そのとき、遥か彼方で、天にまで届く火柱が立ち上るのが、視界の片隅に映った。それは次第に高く、さながらキノコ雲のようにぐんぐんと成長していく。

決死の攻撃隊が、採掘施設の破壊に成功したようだ。

あとがき

エンターブレインで『真・タイラー』を書き始めて十周年ということで、ひさびさにスピンオフ・ストーリーを書いてみないかというお話をいただきました。懐かしさもあり、渡りに船と飛び付いたわけです。それが、去年のこと。

紆余曲折《うよきよくせつ》を経て、出版のはこびとなりました。

タイラー本人がほとんど出て来ない物語で、不満に思われる方もいらっしゃるでしょうが、それはまたの機会に……ということで、今回はタイラーの宿命のライバル、ル・バラバ・ドムの視点から見たタイラーと、撃墜王《エース》コジロー・サカイの二本立てという、ある意味非常に『まっとうな』組み合わせになりました。ドムとサカイをいかに颯爽《さっそう》と描くかということに、全力を傾注《けいちゅう》しました。その甲斐《かい》のある作品に仕上がったと自負していたのですが、吉崎《よしざき》先生のイラストを見て、その自負は脆《もろ》くも崩《くず》れ落《お》ちました。

負けとるやんけ～!!

いやあ、吉崎先生の手にかかるとドムもコジローも、私が生み出したキャラクターとはとても思えません。そして、妖艶《ようえん》なシア・ハスと可憐《かれん》なアザリンが……またいいんだ。それからもちろん、控え目にバックを飾るタイラーも。脱帽《だつぼう》です。さすが当代日本を代表するクリエイター。圧倒的力量に打ちのめされました。愚作には勿体《もったい》ないイラストだと言われても反論できません。完敗。

けれど……これだけのイラストを吉崎先生に描いていただけたということはですね、それをインスパイアするだけのものが、これらの二作品にはあったんじゃなかろうかと自分に言い聞かせて、どうにか持ち堪えております。

吉崎先生、担当荒川女史、そしてご尽力頂いた河西女史に心から感謝を捧《ささ》げて、それからもちろん、これまで永《なが》く『タイラー』を支えてくださった読者の皆様にも深くお礼申し上げて、節目《ふしめ》の締《し》め括《くく》りとさせていただきます。

著者

追伸　甥《おい》っ子姪《めい》っ子たちが『吉岡平正義《よしおかだいらまさよし》』の謎《なぞ》を怪《あや》しみだした。

■ご意見、ご感想をお寄せください。

ファンレターの宛て先
〒102-8431東京都千代田区三番町6-1
株式会社エンターブレイン　ファミ通文庫編集部
吉岡 平　先生
吉崎観音　先生

■ファミ通文庫の最新情報はこちらで。

エンターブレインホームページ
http://www.enterbrain.co.jp/fb/

■本書の内容・不良交換についてのお問い合わせ。

エンターブレイン カスタマーサポート　0570-060-555
(受付時間 土日祝日を除く 12:00～17:00)
メールアドレス：support@ml.enterbrain.co.jp

FB Famitsu Bunko

ファミ通文庫

真《しん》・無責任艦長《むせきにんかんちょう》タイラーReMix 獅子《しし》と鷲《わし》へのララバイ

二〇〇九年三月一二日　初版発行

著　者　吉岡《よしおか》　平《ひとし》
発行人　浜村弘一
編集人　森　好正
発行所　株式会社エンターブレイン
〒一〇二-八四三一　東京都千代田区三番町六-一
電話　〇五七〇-〇六〇-五五五（代表）
編　集　ファミ通文庫編集部
担　当　荒川友希子
デザイン　ティーポートデザイン・高橋秀宜
写植・製版　株式会社ワイズファクトリー
印　刷　凸版印刷株式会社

定価はカバーに表示してあります。

よ1
10-1
846

ISBN978-4-7577-4704-3